- 제14시집『세상사는 일 감동스러움은 드물지만』도서출판 신문사. 2012. 06. 01.(금)(107편)
- 제15시집『내가 살아오는 동안에』소방문학. 2015. 01. 12.(월)(366편)
- 제16시집『세월에게 길을 묻고 그 답을 찾다』소방문학. 2015. 05. 08.(금)(122편)
- 제17시집『한 길을 걷고 또, 한 길을 걸어』소방문학. 2015. 08. 27.(목)(150편)
- 제18시집『반중 조홍감이. 오늘의문학사』2015. 12. 30.(수)(106편)
- 제19시집『생각하면 그리운 사람, 부르면 눈물 나는 사람』소방문학. 2016. 05. 08.(일)(108편)
- 제20시집『이순 역을 지나며』소방문학. 2016. 11. 09.(수)(170편)
- 제21시집『익숙한 들뜸에서 설렘은 일어난다. 소방문학. 2017. 09. 18.(월)(424편)
- 제22시집『참살이. 오늘의문학사』2019. 05. 08.(수)(112편)
- 제23시집『꽃비 내리던 날. 소방문학』2020. 06. 01.(월)(141편)
- 제24시집『아모르파티』장수출판사. 2020. 10. 09.(금)(82편)
- 제25시집『시 시조 동시 한마당』장수출판사. 2022. 01. 22.(토)(129편)
- 제26시집『시의 시그널을 스캔하다』소방문학. 2023. 05. 08.(월)(232편)
- 제27시집『한정찬의 시 이야기』오늘의문학사. 2024. 02. 01.(목)(124편)
- 제28시집『한정찬의 1분 묵상 문학』오늘의문학사. 2024. 02. 01.(목)(102편)

▣ 교재 시 수록 및 강의

- 정훈교육 기본교재(의무소방원 교육용) 행정자치부·중앙소방학교. 2002. 5.(17편)
- 정훈교재 및 생활지도 지침(의무소방원 소방실무교육과정) 중앙소방학교. 2003. 2.(17편)
- 정훈교육 기본교재(의무소방교육 소방실무교육과정) 중앙소방학교. 2007.(32편)
- 의무소방원 정훈교재·소방방재청. 2010.(46편)
- 사회복무요원 정훈교재·소방방재청. 2010.(45편)

▣ 시전집 발간

- 한정찬 제1시전집. 도서출판 반. 2002. 08. 20.(목)(326편)
- 한정찬 제2시전집. 도서출판 반. 2002. 08. 20.(목)(338편)

▣ 시선집 발간

- 한정찬 시선집 발간. 도서출판 시아북. 2024. 08. 16.(월)(165편)

▣ 소방안전칼럼집 발간

- 공유하는 것이 더 안전하다. (영어, 일본어, 중국어, 베트남 4개국어 번역). 2023. 07. 14.(금) (27편)

삶은
문학으로
빛난다

한정찬 시선집

삶은 문학으로 빛난다 | 한정찬 시선집

인쇄일 | 2024년 08월 10일
발행일 | 2024년 08월 16일

지은이 | 한정찬
펴낸곳 | 도서출판 시아북(詩芽Book)

출판등록 | 2018년 3월 30일
주소 | 대전광역시 동구 선화로214번길 21(3F)
전화 | (042) 254-99665
팩스 | (042) 221-3545
E-mail | siabook@daum.net

값 20,000원

ISBN 979-11-988695-4-8(03810)

한정찬 시선집

삶은
문학으로
빛난다

시아현대시선 014

시선집 작품 구성은 그동안(1988년에서 2024년) 한정찬이 발간한
제1시집에서 제28시집 그리고 한정찬이 짓고 교재에 수록하여
강의한 시(의무소방원 및 사회복무요원 5권 교재)에서 각 5편씩 선정하여
165편을 수록했다.

시아북
詩想BOOK

Ⅰ. 자아 발견 및 실현을 위한 시 쓰기

현대에 사는 사람이면 누구라도 〔What과 why〕에 대해서 이의를 제기할 사람은 아무도 없을 것이다.

이것은 우리 인간의 자각심 결여의 한 부분을 입증하고 있기 때문이다.

특히, 사람들과 사람들의 집단에서 인간관계를 맺으면서 조화로운 사회생활을 영위해 나가기 위해서다.

「새로운 인간상」을 창조하는 큰일을 하는 대학의 학우들은 〔What과 why〕를 분명 규명할 줄 알아야겠다.

변변하지 못한 자기 능력을 과신하거나 스스로 만족에 도취 되어 사는 사람, 열등감의 불만에서 오는 판단이 편향된 사람들은 〔What과 why〕를 규명을 할 줄 모르는 사람들이다.

평소 자중한 자기를 생각과 행동을 이성적으로 저울질하며 자기의 능력에 따르는 욕구 충족을 꾀하고 자기가 놓여 있는 상황을 정확히 판단하여 삶의 목적을 설정하는 사람은 〔What과 why〕를 규명을 할 줄 아는 사람이다.

지금 생각해 보면 지난날 나도 〔What과 why〕를 규명하지 못했기 때문에 오늘의 나는 괴롭기만 했다.

내가 학보사 기자를 지망하여 입사한 것의 궁극적인 목적은 나에 대한 〔What과 why〕를 규명해 보기 위한 일이라 말할 수 있다.

학교 캠퍼스에 자두나무 두 그루가 입사할 때 꽃이 만발하여 있던 것이 벌써 과핵果核을 형성하고 외형인 과육果肉을 완성해 가고 있다. 나는 그동안 무엇을 해왔는지 모른다. 무엇을 어떻게 했다고 말할 것이 거의 없다. 다만 나에게 얻어진 것은 기자의 본분으로써 보고, 익히고, 쓰는 것이 나의 내면에서 다소나마 〔What과 why〕를 규명할 수 있으리라는 신념으로 학보사에서 나의 보람을 찾으려고 한다. 한정찬 (계명대학보 1975.6.24.)

윗글은 약간 수정을 거쳤지만 49년 전 계명대학교 학보 '기자記者의 변辨'란에 게재한 내용의 글이다.

내 인생에 있어서 한참 고민하고 고뇌하고 나에 대한 정체성 그리고 자아를 형성해 가고 실현해 가고 있는 시기였다.

학창 시절 학교신문 기사를 쓰고 신문제작소인 경북인쇄소(그 당시 영남권에서 제일 큰 규모)에 수시로 드나들었다. 윤전기에 납 활자를 배열하여 꾹 눌러 찍어 내는 과정을 지켜 보고 활자가 찍혀 나온 교정지를 2차 3차까지 확인하여 넘겨주면 주 1회 발간되는 납 활자로 찍은 종이 신문이 나왔다.

컴퓨터가 대중화가 되지 않았던 그 시절에는 납 활자의 무게는 납 그 무게만큼이나 그 위력이 대단한 시기였고 납 활자가 종이를 꾹 눌러 인쇄한 신문도 멋이 있었다.

이로 인해 그때부터 나는 자아 발견하고 실현을 위한 시 쓰기는 꾸준히 진행하고 있었다.

Ⅱ. 시 쓰고 가르치며

1988. 04. 23.(토) 소방테마시 '한 줄기 바람(52편)'의 첫 시집을 상재 하게 되었다. 그 당시만 해도 시집을 발간하는 이가 드물었다. 첫 시집을 발간 후 각 언론(방송, 신문)에서 연이어 소개되었는데 특히 소방 관련 언론사(신문, 잡지 등)에서는 속속 시집 소개 및 작품연재에 들어가기도 했다. 현직 소방관이 '소방테마시집'을 발간했다는 것은 세계 최초였다는 점에서 그 호응도 좋았다.

소방공무원 재직 35년 6개월 동안 19년 6개월은 소방기획부서(소방방재청) 및 소방서 내근 외근 부서에 근무했고, 16년간은 교육부서(중앙·경북·충청소방학교)에서 근무를 했다. 소방서 외근 및 내근 부서에서 근무한 소방파출소장, 119구조대장, 소방행정·방호과장 재직 시 화재, 구조, 구급, 홍보 업무 및 각종 재난 현장 등에서 경험한 업무를 교육부서에서 교관, 교수, 교학·교육기획과장으로 선배, 동료, 후배 소방관들에게 전수해 줄 수 있는 몇 과목(소방용수시설, 소방홍보론, 위기관리 홍보론, 화재진압론, 소방복지론)의 담당 교육훈련의 교재 집필 및 강의를 열정으로 했다.

그리고 소방공무원에 대한 복지제도가 거의 미미한 그 당시 대학원 사회복지학과에 진학하여 다섯 학기 동안 열심히 공부하여 이를 소방에 접목해 '소방복지론'을 집필하여 강의 과목으로 편성한 일도 있다.

중앙소방학교 교지(소방탑) 발간 및 아산소방서 의용소방대 문집(봉사하는 일은 아름답다.), 월간 소방문학 및 소방동인지(단행본 등)를 발간 전국 소방관서 등에 보급하여 소방관들의 정서 함양에 도움을 주었다.

　가장 의미 있었던 일은 의무소방원·사회복무요원(군 근무 대신 일정 기간을 대체 근무자)들에게 초기 기본교육 시 확고한 국가관 및 건전한 소방정신 함양을 도모하기 위해 소방 및 일반 시를 교재 5권에 150여 편을 수록하여 낭송 및 시 쓰기를 한 일이 있다. 한참 젊고 패기가 왕성한 의무소방원·사회복무요원들에게 '문장 쓰기' '문학의 개념'과 '시의 미학'이란 주제 강의로 심신의 안정을 도모하는 일에 정진했다.

　2016년에는 경찰교육원 웰빙강사로 '시의 미학'이란 주제로 경찰교육원·경찰대학·수사연수원 교직원, 가족, 교육생도들에게 강의한 일도 있다.

Ⅲ. 시선집 작품 구성

　시선집 작품 구성은 그동안(1988년에서 2024년) 한정찬이 발간한 제1시집에서 제28시집 그리고 한정찬이 짓고 교재에 수록하여 강의한 시(의무소방원 및 사회복무요원 5권 교재)에서 각 5편씩 선정하여 165편을 수록했다. 선정 기준은 시집에서는 언론(신문·방송)에서 주목해 소개 게재 및 방송한 빈도가 높은 순으로 정했으며, 의무소방원 및 사회복무요원 교재에서는 교육생들의 관심도(낭송, 글쓰기 참여)가 높았던 작품을 선정하였다.

제13시집 겨울나무야, 겨울나무야

제14시집 세상사는 일 감동스러움은 드물지만

제15시집 내가 살아오는 동안에

제19시집 생각하면 그리운 사람, 부르면 눈물 나는 사람

제20시집 이순역을 지나며

제21시집 익숙한 들뜸에서 설레임은 일어난다

제25시집   시 시조 동시 한마당

제26시집   시의 시그널을 스캔하다

제27시집   한정찬의 시 이야기

제28시집 한정찬의 1분 묵상문학

제2부 소방교육의 현장에서

2002년 정훈교육 기본교재(의무소방원 교육용)
행정자치부·중앙소방학교

2003년 정훈교재 및 생활지도 지침(의무소방원 소방실무교육과정)
중앙소방학교

이웃의 생명과 재산을 보호하는 아름다운 소방관의 삶

김명수(시인, 효학박사, 충남문인협회장)

제1시집

한 줄기 바람

평행선

한 줄기 바람

소방의 넋

처녀소화전

불조심 사생대회

평행선

화재 신고를 신속히 접수하여
소방차를 즉각 출동시켜야 하는
지령실 근무를 하다 보면

가끔 있어 온 일이고
언제나 있을 수 있는 일이지만
신고를 받은 후
즉각 소방차를 출동시켜도

출동 지연이라는
화살이 날아오는 것은
무엇일까

신고자의 기다림과
접수자의
만나지 못할 평행선이기 때문일까

안타까워라
이러한 때에는
신고자와 접수자의 아픔만
불꽃 속에서 타고 있을 뿐이다.

한 줄기 바람

화재 진압 후
땀으로 흥건히 젖은 몸을
소방차에 싣고
성급히
쳇바퀴 도는 다람쥐같이 달리다 보면

어디선가 기체의 흐름으로 갈라진 기류가
바람이 되어
피부에 와서 닿는다

무심한 담배 연기처럼
열기 섞인 연기가 희석되어
체감온도를 유지해 주는

바람은
정신을 해맑게 하는
한 줄기 바람은
오히려 꿈이다
내가 겪은 천국의 사랑이다.

소방의 넋

화마에 스스로 빨려들어
허적이는 주정뱅이까지 구해 놓고
고이고이 순직한 그대여

그대 영혼의 제단에
머리 숙이고
오열과 비통에 묵념합니다

그대는
우리의 마음속 깊이 남아서
영원히 피어 있을 소방의 넋입니다

그대가 잠든 자리에는
해 하나 떨어지고
이끼 낀 풀 섶에 멍든 상처가 자랄지라도
그대를 기리는 마음만은
바위처럼 오랜 세월을 지키리다

아 거룩한 그대의 넋은 별빛입니다
우리의 영원한 별빛입니다.

처녀소화전

설치된 지 여러 해가 다 지나가도록
현장의 물줄기를 한 번도 빼본 일 없는
인도 후미진 곳에 설치된
처녀소화전
언제나 그대로
두 귀를 쫑긋 세우고 있다

한 달에 두어 번은
진단을 받아
건강한 웃음을 지으면서

화마와 싸우는 날을
기다리면서
그날이 없기를 빌면서

인도 후미진 곳에 설치된
처녀소화전
소화전은 언제나 임전 태세다.

불조심 사생대회

낙엽이
바람에 뒹굴고 있는
시월 마지막 날 오후지만
햇볕도 비스듬히 누운 사생대회장은
오히려 꽃밭같이 아름답기만 했다

우두커니 자리 잡고 앉아서
소방용 굴절사다리차를
그리고 있는 고사리손의
빠른 손놀림
동화 속의 세계가 펼쳐진다

피어오르는 불꽃을 향해
불을 끄는 그림 속의 사람들도
무척이나 바쁜가 보다

어느 순간에
그림을 지켜보던
모성의 표정도 빨리어 들고

그림 위에 불조심이라는
굵직한 글자를 쓰고 있는

꼬마 화가의 표정은 더 행복하다

시월의 햇살이 자꾸만 두툼해지면
대회장은 천사들만 사는 천국이다
화마도 없는 천국이다.

제2시집

불 꿈

불 17

연소 성질에 따라 잘 다루면
한없이 참 고마운
불

사용은 안전하게
조심해야 할
불

점검은 철저하게
방심은 절대 안 될
불

생명의 원천
사랑의 극치로 봉합하는
열망의
불

사용할 때 조심조심
사용한 후 조심조심
야무지게 다루어야 할
불.

화마火魔

밝아오는 백야白夜
영하빙점零下氷點

허기진 바람
슬피 울고 가 눕고

겨울 불씨를 다독이는
손길 느슨하면

군침 삼킨 화마는
배시시 웃고

이마 박고 지쳐 누운 바람은
슬그머니 훔쳐본다.

불 24

스스로 무덤 만들고 있음을
번연히 알면서도
바람과 어우러져 우쭐거리다가
너울너울 춤추는
불

어둠이 산화한 아침 햇살 고임목에
푸른 하늘에 열린 동공이
지난 추억의 그리움으로
주저리주저리 걸리는 남루한
불

아무도 생각하지 못한
화마 자리 어디쯤
의연히 일어나 간교한 몸짓으로
제 가슴을 다듬질하는 창생 불사의
불

아이 닮은 삶을 사는
착하디착한 어른의 실한 모습을
해체하며

찬연히 두 눈 비비며 일어나는
불.

내가 화재를 진압하는 것은

내가 화재를
성급히 진압하는 것은

불에 대한 경외심이 아니라
밀물화재가
꽃 불바다로
신들린 마귀할멈 늙다리 간교로
마귀 춤을 추고 있기 때문이다

불이 늘 유순한 모습으로 있는 게 아니라
바람 화재가
작렬한 포화로
마음 쓰이는 한 곳에 들어와 서서
산수유 붉디붉은 열매를 따고 있기 때문이다

새끼손가락 세 개로 당겨
빨간 스토브에 점화해
고이 접어 둔 봉당 불 그리워하는 것이 아니라
문풍지 자락 잡고 울던 화재가
겨울 한 가닥 당겨 덮고

조그마한 방 안에 서성이다가
커피포트에 발화하고 있기 때문이다

어느새 비워둔 한 칸에
불사조의 화재가
바람이 잠재우는
영하의 아득한 시간이 아니라
영하촌각零下寸刻의 바람처럼
화재 현장
그 시린 오한이
그 뜨거운 열기가
불길 속을 교차하여
날고 있기 때문이다

내가 화재를
진압하는 것은.

소방의 의무

슬기로운 마음으로 다 함께 모인
우리는 희망에 찬 소방의 횃불
늠름한 기상 속에 고된 훈련도
즐겁게 받아 내자 보람찬 긍지로
배움의 바름 자세 굳건한 모습은
영원히 길이 남을 불사신 해태상
화재의 예방진압 희생정신은
세기에 길이 이어갈 소방의 의무

봉사하는 마음으로 정성을 다해
참마음 사랑 심는 소방의 표상
너와 나 힘을 모아 굳세게 모아
온전히 나아 가자 슬기론 지혜로
해맑은 우리 이웃 보전해 나가는
보람된 삶이 꽃필 무궁한 불사조
구급의 긴급 이송 봉사 정신은
영원히 길이 지켜 갈 소방의 의무.

제3시집

불문의 시

不文의 詩

불문의 시

용접공이
작업을 하고 있다

떨어진 곳 붙이고
붙은 곳 떼어내는
용접공이
진종일 작업을 하고 있다

용접하는 순간
하늘의 별빛처럼
쏟아져 내리는
불티는
아마도
용접공의 영혼과
교신하는 섬광인가 보다

떨어진 곳 붙이고
붙은 곳 떼어내는
용접공은
무엇을 생각하고 있을까
그 영혼의 기능은
불문의 시를 낳고 있다.

햇살에 기운 바람처럼

가족도 없다는
공사장 막노동 인부
강 씨는
손바닥만 한 가슴으로
하루의 넓이만 한
합판을 나르다가
하루 길이만 한 긴
각목 다발을 묶어 세운다

박힌 못 빼어낼 때
허기진 삶이
못 구멍만 하게
자국만 남는다

그러나
늘 건강한 웃음을 잃지 않는
강 씨의 얼굴에는
연륜만큼의 주름 잡히고
햇살에 기운 바람처럼
그의 모습은 언제나 따뜻하다.

채소 장수

시린 새벽 목청을 자아올리며
채소 장수 아줌마가 걸어오고 있다

생기 돋는 언어의 여울이
골목길로 밀고 들어가
눈 비비는 아낙들의 손목을 잡고
나오는 참이다

아린 하늘 비치는
채소 장수 아줌마의
뒷 메아리

채소 장수 아줌마의
성에 낀 속 눈썹은
언덕길을 넘어가고

이제 막
한 줄기 햇살이 쏟아지고 있다

어찌 된 일인지
요즘은
채소 장수 아줌마는 보이질 않고

텅 빈 하늘에
그녀의 목청만 아리게 남아
언덕 위
하늘 가에 메아리치고 있다.

대추나무골 이야기

대추나무골에
한 노인이 살고 있었다

산골에서 기어 내려 온
바람은
그의 대추나무들을 흔들고 있었다

이따금
고추잠자리도
대추나무골 영감처럼
한 생애의
가을을 엮고 있었다

제모습 갖춘
들풀들
지마다 한몫씩
대추나무골의 내력을 이야기하고 있다

어쩌다
하루라도
대추나무골의 노인이 앓아누우면

바람도
잠자리도 들풀도 모두 다
제 나름의 기도에 든다.

구두수선집 할아버지

구두수선집 할아버지는
늘 감사하는 마음으로
구두를 깁고 있었다

지문이 다 닳은
손끝에는
군살처럼 연륜이 덕게덕게 쌓여 있었다

어느덧
구두수선집 할아버지의
등 뒤에서
노을이 탈 때면
바람도 함께
붉게 물들어 있었다

구두수선집 할아버지가
쥐고 있는 바늘귀에서
빛나는
한 줄기
햇살, 그 햇살에는

예수의 십자가가
일어서고 있었다
하느님은 왜 궁성 같은
현대식 교회를 두고
구두수선집 할아버지의 바늘귀에
한 줄기 빛을 내리셨을까.

제4시집

계절의 끄나풀을 풀어 헤집고

그림자

맑은 햇살로 묻어오는
그림자
그림자는 지금도 일어서는가

물속 깊숙이 울렁이는
그림자

그림자는 묻는다
'물은 왜 타지 않는가.' 하고
화마의 그림자는
문득 묻는다

수소와 산소가 홀로 있을 때는
조연성에 가까운 가연성이지만
수소와 산소가 하나가 되면
불연성이 된다고
대답하다가

에라, 다시는 묻지 말라 하면서
저수조貯水槽의 뚜껑을 눌러 닫아도

물속 깊숙이 일어서는
그림자

화마의 그림자는 다시 일어선다.

관람자의 희열

방열복 입은 구조대원들이
산소호흡기를 둘러멘 후
가시 돋친 선인장처럼
낮은 자세로
불길 속으로 뛰어들었다

순식간에 발생한 화재의
농연濃煙에 질식된
목숨들이
초췌한 모습으로
신경초처럼 움츠리며 아우성치고 있었다

목숨을 걸고 구조하는
구조대원들
구조된 목숨이 대원인지
구조대원이 구조된 목숨인지
분간할 수 없는 현장에서
마음 가다듬고 보면
긴장된 관중들의
상기된 얼굴,
무게 잃은 함성 지르며

박수치는 관중들의
환호성
그 순간의 함성은 희열이었다
광적인 승리의 희열이었다.

모정母情

불시에 기습한 화염에 질식되어
졸지에 비명으로 간
시신 앞에 선

그의 아버지도
그의 형제자매들도
정신없이 쳐다보고만 있을 뿐이다

그의 아내도 어디론지 울면서
달아나고 없건만

오직 어머니는
불에 그슬려 사망한 시신을 보고
한꺼번에 토해내지 못하는
오열로 통곡하는
어미의 피는 하늘을 향하여
솟아오르고
슬픔은 노을을 불태우고 있다

어찌하랴
이 비극의 모정인들 어찌하랴

이승과 저승의 거리는
눈 한 번 깜박할 사이일 뿐이지만
한 번 가면 영원히 못 오는 길
가깝다고는 할 수 없다
멀다고 할 수도 없다

어찌하랴
이 비극의 모정인들 어찌하랴.

영세민촌 난민촌

분기점이 너무 많은
전깃줄을 따라서
시선을 옮기다 보면

계량기조차 힘겹게 매달려 있는
가건물의 각목들

사람들은 이런 밀집된 마을을
하기 좋은 말로 영세민촌이라 부른다
이름도 없는 이름의 난민촌

이런 마을은 생긴 지 오랜 세월이 흘러도
화재 발생이 한 번도 없었던 것은
소방안전의 시행이라 해야 할까
고정순찰 순회 교육의 반복 속에서
소방관의
땀 흘린 덕분이라 해야 할까

아니다
영세민 난민촌에 사는
사람들은 현명했다

분기점이 너무 많은
전깃줄을 따라서
시선을 옮기다 보면
영세민 난민촌에 사는
사람들의 목숨은 위대했다.

건천행 시외 버스

근무 중에 쓰러진 후
병마에 시달리는
선배를 방문하려고
건천행 시외 버스에 몸을 실었다

산다는 게 무엇인지
괴로의 누적으로 병마의 기색을 뻘을 대로 뻘어
사는 것이 살아있다는 게 아닌
측은한 모습

식구들은 모두다 일터에 나가고
의식을 잃은 한 목숨은 홀로 남아서
섦은 눈을 굴리고 있다

죽을 사람 죽더라도
산 사람은 살아야 한다는 어쩔수 없는 삶의 철학

환자를 뒤로하고 되돌아 온
여름 한나절
건천행 시외 버스가 가득히 머릿속에 들어 앉는다.

제5시집

생활 이야기 동행

생활이야기

同 行

한정찬 시집

'93

硏藝社

강물이 풀렸다고
그대 눈빛
고해성사
동행
흰 구름 아득한 날

강물이 풀렸다고

강물이 풀렸다고 그대 속마음까지
그 강물에 띄우지 말라

봄이 오기 전에 이미
그 강물은 풀리고 있었다

우리 서로 만남이 우연이라고
말하지 말자
만남 이전에 이미
필연이 팽이처럼 돌고 있었다

만남 이전에 우연의 필연은
열차 레일처럼
평행선을 달리고 있었다

인연의 끈이
계절처럼
소리 없이 다가와
빨랫줄처럼
이미 강물이 늘리고 있었다.

그대 눈빛

눈 감아도 아련히 떠오르는
당신의 전부는
늘 낮은 산처럼
참 좋았습니다

은혜로운 생활 속을
안갯길처럼
은밀히 걸어 온 우리

바람처럼 별처럼
꽃처럼 곱고 고운 마음 하나로
그 아늑함으로
살아 온 우리

늘 눈감아도 떠오르는 건
아련한 추억담은
그대 사랑스러운 눈빛입니다

우리들의 다정한 눈빛
그대 눈빛입니다.

고해성사告解聖事

어둠 속을 배회하다
오갈 수 없는 벽 앞에서
당신의 고운 눈길을
무한한 바람처럼 흔들어 봅니다

여태껏 살아온 인식의 거리에도
맞닿을 수 없는
소슬한 애정
그리운 다짐은
뜨거운 눈물방울입니다

아, 무딘 내 손 끝에
마른기침 소리 이는
내면의 하얀 손수건이 젖고 있습니다

차가운 벽면의 그림처럼
꼼짝달싹할 수 없는 공포의 시간이
목 울림으로 공명하고 있습니다

점점 얇아 가기만 하는
지상의 만물 위에

늘 정한수 같은 그대 옳은
은혜의 말씀이
한사코 일어섭니다

뒤돌아와 앉은
삶의 지표 안으로
당신의 은혜로운 말씀이
초연히 일어납니다.

동행同行

나는 그녀를 보고
다가설 수 없는 여자라고 했습니다

그녀는 나를 보고
다가설 수 없는 남자라고 했습니다

노력해 봐요
열정과 진실한 사랑으로
힘주어
내가 말했습니다

노력해 봐요
해와 달, 별과 꽃처럼 힘주어
그녀가 말했습니다.

흰 구름 아득한 날

먼 산 흰 구름
아득한 날

하늘 끝 간 바람은
청동색 맑은 음으로
빛의 향을 피운다

꿈을 꾸듯
흰 구름이 좋아
한 장 종이가 된
청량한 바람

아하, 바로 이것 때문에
도요새는 비상하는가.

제6시집

그리움은 언제나
꽃이 되고 별이 되어

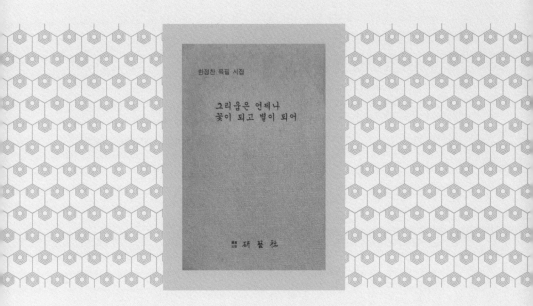

한정찬 육필 시집

그리움은 언제나
꽃이 되고 별이 되어

대법사

그리움은 언제나 꽃이 되고 별이 되어
사람이 그리워질 때
겨울나무 앞에 서서
삶의 단상 II
동행 II

그리움은 언제나 꽃이 되고 별이 되어

내 곁에 힘없이 앉아 있는 너를 보면 저절로 눈물이 핑 돈다.

여태껏 안으로만 접어 온 미련의 상한 마음 우리 이제 깨끗이 버리고 살지.

생각해 봐요.

그대와 나 마주 보는 직선이라면 이렇게 만날 수도 없었잖아.

그래요.

우리는 영락없는 자유로운 쌍곡선 아무런 격도 없이 만났지.

이 포근한 삶의 자락에 묻어 난 은혜로운 시간의 광장에 조금만 더 기다리다 그대는 꽃이 되고 나는 나비가 되어 늘어진 이 봄기운 흔들며 살자.

하루에도 몇 번씩 다시 잠드는 침묵의 몫으로.

마음이 쓸쓸한 날은 옆에 있는 그대가 그립다.

나를 너무도 잘 알고 있는 그대가 더욱 그리워지는 건 시간의 파장 안으로 스민 연민의 성이 눈에 가득 잠겨 예지의 딧빛 일구고 있음이 었네.

옆에 있는 그대가 못다 이룬 꿈 아무것도 변한 게 없어도 옆에 있는 그대가 그립다.

옆에 있는 그대가 무척 그립다.

산 도랑에 주저앉아 세상 물정 모르고 무딘 내 가슴 열어 검정 고무신에 담아 본다.

투명한 물속 희석된 사랑 알 수가 없다.

고독으로 앓아온 열병의 사랑으로 일곱 빛 아롱이는 무지개 그리면 그대 사랑인 듯 내 노래인 듯 도무지 알 수 없어도 일순에 정지된 세월 하나 또 다른 나의 벽을 허문다.

이제 눈도장 찍는 일은 빛으로 돌아가라.

열망의 눈이 부신 햇살로 돌아가라.

그대 환한 미소는 그리움의 청자빛 노을로 나의 시혼을 태우게 한다.

순간 위에 얹힌 일상의 패도 청순한 꿈, 야무진 황홀함은 빗살 무늬의 잔물결.

늘 불러보다 잠드는 돌 나무 흙 새 물…… 이런 것들이 소멸한 나침반 잃은 나의 배에 충만할 때 그대는 아무것도 모르고 노를 젓고 있었다.

예언으로 부서지는 저 숱한 언어들의 배회 여윈 삶, 아우러진 불사조의 충만한 희열로 열망의 닻을 올리면 오라 흔들리는 삶의 부표마다 떠오르는 그대 사랑의 증표였구나.

어쩌거나 등대여 나의 하얀 등대여 그대는 그대 할 일 하고 있구나.

들었는가.

맨 처음 해 본 소리가 일제히 일어나 귀에 맴도는 소리를 들었는가.

지구 자전하는 소리로 돌아눕는 바람이 나의 시선이 그대 울안에 잠들어도 그대는 아랑곳없이 들었는가.

무시로 불어오는 바람 소리, 저 애탄 소식을 두고 온 파도 소리, 해안선을 기어오르다 자맥질하는 그런 소리 들었는가.

그대 목소리가 너무 높아 나는 말을 할 수가 없구나.

그대 모습 너무 커 다가설 수가 없구나.

여기서는 그대 말고 하늘만이 있구나.

보아라, 지나가는 바람도 숨죽이고 저렇게 뒷발굽을 들고 가는구나.

기다리는 눈빛도 고운 정다운 그대는 그리운 그대에게 내 마음을 다스려야 한다.

꼭 원점으로 되돌려야 한다.

기다림이 사랑의 본적지라면 주소는 사랑 이후의 만남, 그리고 이별, 늘 부대끼는 멋있는 삶이 남아 있어도 순리대로 질주해온 슬픔, 한 개 차가운 목마름의 겨울 빗소리.

그래 맞아 언제부터인가 그대 마음이 이곳에 왔는지 그대는 알지만 나는 알 수가 없다.

아무튼 오늘은 한결 가벼워 보이는 그대 모습 참 곱기만 하다.

구원의 청정한 말씀으로 우리 서로 말 전해주는 사랑의 이정표, 언어의 향기로 남아 있다.

오늘도 솟아오르는 해처럼 그대를 바라보는 작은 우주.

알쏭달쏭한 자는 봄 가면 여름 오고 여름 가면 가을이 오는 솔베지의 노래처럼 여운을 남긴다.

아직도 잊고 지내 온 그대 맑은 목소리 설레는 흰 구름 몇 장으로 가릴 수는 없지.

늘 생각 끝에 이는 설레는 마음이 외로운 바람이 된다.

쓸쓸한 마음, 타는 가슴으로 내 인식의 폭을 넓혀온 그대는 하늘 바다처럼 그리움으로 남는 그대는 흔들리는 내 마음 위를 가볍게 날고 있다.

그리움은 언제나 시간의 담장 넘어 소롯이 피어나고 쉼표로 남는 가
벼운 눈웃음도 잡을 듯이 달려가 보기도 하지만 너그러운 시간의 담장
허물고 있다.
외로운 그림자가 그대 가슴에 동행하리라.
그대 낮은 목소리가 너무 고와서.

산은 늘 눈 익은 모습으로 우리들의 벽이 되어 있지만 그리움은 안개
처럼 구름처럼 말없이 다가와 소리 없이 떠나간다.
걷잡으려고 해도 걷잡을 수도 없는 그리움이 소용돌이로 그대를 외면
하고 있다.
그대의 외로움은 아무도 말하지 않는다.
이 거리를 달리는 바람, 이 시대의 바람이 불어 대고 있다.
아, 이승의 발목 밑으로 달려 온 적막한 기별의 웃음소리로 그리움
은 언제나 꽃이 되고 별이 되어 저만치 걸어가고 있다.

사람이 그리워질 때

두 눈 사르르 감고 밤 동안 핀 안개꽃이 그대 가슴에 밝은 미소로 남아 "그렇구나!" 하고 지나가는 바람결이 맞장구쳐도 다리쉼을 하는 건 다가오는 나잇값 너머 허기진 삶의 여울이 흩어졌다가 모인 자투리 시간을 그리워해도 늘 그리운 사람으로 남는 공존의 그늘, 사랑의 하강 알몸으로 손짓하는 겨울 바다의 여인인 까닭.

나이 마흔에 사랑니 한 개 쏙 뽑았다.
낙엽이 지는 걸 물끄러미 바라보았다.
나무는 제 연륜만큼이나 실한 믿음이 가는데 나의 존재는 알 수 없고 저 앙증맞은 늦은 가을날 한나절 햇살에도 선 듯 내어 보일 자신이 없어 영영 용기가 나지 않는 도로묵 원점.

허리춤 쥐고 모두가 배꼽 빠지게 웃고 있는데 그대는 더 웃음을 감출 수는 없지.
쪼르르 포롱 포롱 이웃집 다녀온 텃새는 어찌도 그리 무정한가.
내 눈길 한 번 보고는 "그렇게 하지 마"하지만 텃새여, 이때가 지나면 더 좋은 시절이 가쁜 숨 몰아쉬고 올 거야.
텃새여, 이때가 지나가면 더 좋은 시절이 가쁜 숨 몰아쉬고 올 거야.
나의 텃새여, 마음의 문을 열고 가슴 펴고 크게 한 번 활짝 웃어 봐.
그래야 이다음에 오늘 이야기하며 우리 살지.

그리움으로 용케 살아온 건강한 그대여, 소리보다 앞질러 온 빛보다 더 빨리 사랑의 징검다리 건너 백마 타고 온 왕자여, 그대 벽면에 그 립처럼 투명 속에 갇혀 있음은 알다가도 모를 일이다.

자라나는 키보다 늘어나는 몸무게보다 더 웃자란 그대 마음의 창 오늘도 자궁 속 모태의 아늑한 깊이의 인색으로 반쯤 기운 원을 그리는 건강한 그대여.

날마다 숨쉬는 거리에서 꿈꾸며 살아온 넉넉한 편안함 그리고 체온 같은 따뜻함에 나 오늘 그대 눈 등에 얹힌 졸음의 무게로 그대 호숫가 나무에 기대어 그대 바라보고 있다. 등 뒤에 들려 오는 자잘한 웃음소리 늘 입는 옷처럼 편안한 그대 모습이 시월 햇살처럼 따뜻하구나.

우거진 숲을 지나온 그대 목소리가 내 가슴에 쓸쓸한 파문으로 일고 있구나.

혜화동에서 '꿈을 가지라.' 일러 준 조병화 시인의 말이 내 마음을 정리는 했지만 고독에서 벗어나게 하긴 너무 일러 푸른 하늘 한 모금 마시고 시詩의 잠자리를 많이 날렸다.

무언이다.

얄궂게 불어 대는 바람에도 주절대는 바지랑이 끝 이승의 실다운 그리움이 파란 하늘 두 조각 끌고 와 한 조각은 끝없는 시의 시를 덮고 다른 한 조각은 이승의 옷 나부랭이를 덮고 있다.

세월이 무작정 찾아왔구나.
세월이 참 용케도 찾아왔구나.
나이도 가득하게 싣고 왔구나.
짓궂은 세월이 숨도 못 쉬게 나이의 허리를 주리 틀고 앉았구나.
그대 얼굴 내 영혼 우리 모두 얼굴을 오랫동안 바라볼 수가 없구나.

열심히 살고 그래도 힘이 남아 있을 때는 시간의 무지개가 아롱이는 손길 닿는 꿈 따라 이 산 저 산 쏘다니며 허리 굽은 나무를 어루만지기도 했어.

시간의 장작을 팰 때는 앙금으로 남아 있는 지난 설움도 울먹이며 지난 회억을 찍어 내리며.

눈먼 새가 갑자기 날아와 눈먼 세상을 살아가고 있다.

눈먼 새는 눈먼 만큼 얇게 울며 날아가 갔다.

광휘의 천사처럼 보여줘서 들키는 오늘처럼.

생각에 젖은 마음도 가만히 있질 못하는 마음일 때 짧은 위로의 종려나무 한 가지 꺾어 옛 추억 장소로 달려가면 나보다 먼저 와 기다리는 요란한 바람 소리.

까마득한 옛날까지 불러내고 있다.

섬광의 햇살처럼 여름날 밤 수놓는 반딧불처럼.

한 잔 술에도 거나하게 오르는 낮 기운의 취기.

꽃불에 제 몸 타는 줄도 모르는 요란한 불나비들의 희미한 목소리 무수히 쏟아지는 빗소리.

더러는 개소리 간간 들려오고.

흙탕물 튀기는 삶의 여정에 그리도 즐거운 건 왠가.

말 말아라, 산 능선 바람 소리 어지럽다.

빗속의 들판 칠흑 같은 지천에 번적이는 천둥소리.

믿음 주고 홀로 호젓하게 떠나는 그대.

하오에 돌아눕는 지구처럼.

보라, 그대 선지자 예언의 말씀.

'줄 것은 주고 받을 것은 받겠다는 야멸찬 사람들, 웅성거리는 사람들, 섭리의 눈짓으로 고개를 들게 하라.'

인식의 풍차를 돌려라.

오늘을 살아가는 돈키호테 허허로운 심사를 굳게 세워라.

가로 세로만 질러가는 것이 만사가 아님을 원둘레가 증명하고 있지 않은가.

덧없이 둔중한 걸음 내딛는 그대 믿음직한 모습으로.

겨울나무 앞에 서서

홀라당 옷을 벗어 던지고 가장 가벼운 모습으로 그대 앞에 서면 차가운 이 겨울 날씨도 차 한잔에 따뜻해진다.

그대 훤한 모습에서 가장 가까운 거리를 알게 되면 나의 유일론은 알 듯 말 듯 한 몫으로 남는다.
그대 앞에서는 내가 혀를 내둘러도 마땅하다.

그대 앞에서는 나는 한갓 수줍어하는 여인처럼 처녀 때 속살 부끄러워한 여인처럼 적어도 부족함 없이 그대 꼿꼿하게 서 있다.
미더운 지혜를 감성으로 혹은 이성으로 조율하며.

그대와 전혀 무관하지 아니한 아이들이 있다.
날씨에는 조금도 아랑곳없이 씩씩하게 뛰어노는 저 아이들은 그대 말고 이 겨울을 다스리는 전령의 천사들이다.
그대를 반쯤 닮아.

일년 중 가장 춥다는 대한이 왔다.
중무장한 어른들의 옷차림 앞에 대한은 배시시 웃고 그대를 닮은 겨울나무는, 아이들은 대한을 기절시키고 만다.

우리가 가장 사랑해야 할 골목길의 아이들을 만나면 늘 반가운 것은 달그림자 보고도 짖어대는 개처럼 너무 천진난만天眞爛漫이 어린 그대처럼 아름다운 모습 때문이 아닌가.

방앗간을 지나는 참새들처럼 재잘거리는 아이들을 유심히 바라본다.
그대 눈빛 바라보면 오늘은 집배원이 그냥 왔다 갔어도 더 아름다운
일들이 고개 숙여도 내 마음은 청순한 푸른 하늘 한 모금 마시고 갈길
여정을 한 번 살펴본다.

일상에 돋아난 혓바닥의 작은 돌기 하나가 이 겨울 앞에 서 있으나
그대 앞에 선 나는 스스럼 없이 '아이들은 들어라. 가장 아름다운 생각
으로, 가장 아름다운 노래로, 가장 아름다운 말씨로 굳세게 자라거라.'
해 보는 나지막한 기도 소리.

어른들은 보세요.
얄궂은 세상의 모든 어른은 보세요.
겨울나무 앞에 서서 반쯤 겨울나무를 닮아 있는 아이들을 보세요.
저 아이들의 바른 모습을.

삶의 단상 Ⅱ

어둠이 밀려난 이른 아침 지조 높은 까치 울음소리는 내 영혼에 내린 아침햇살 한 소절로 옹골차게 아침 공기를 가르고 있다.

내 작은 기쁨의 전율로.

내가 무시로 해 보는 혼자만의 목소리로 속삭거리며 하루를 가늠해 볼 때 그대는 흘러가는 구름처럼 지나가는 바람처럼 앙증맞은 모습으로 힘없이 빙그레 웃고 있었다.

내 행복한 목소리가 아니었다고.

돌팔매로 잠자는 호수를 깨우고 싶어지는 정갈한 내 마음이 그대 암팡스러운 눈빛 속으로 일제히 빨려 들어가면 나는 별처럼 나무처럼 서서 잠자는 법을 배우리.

조금씩 그대 눈에 띄게.

내가 답답할 때 내가 서러울 때 웃는 모습으로 그대를 위하여 혼자 공유하는 시간만 빼고는 아름다운 고요 아래 웃음다운 웃음, 그대를 생각하는 사연의 메시지다.

두 줄기 눈물에 어린 그대만 생각하며 질경이처럼 질기게 아주 질기게 살아가겠어.

돌멩이처럼 정정당당하게 살아가겠어.

그대를 사색하는 신중한 의미로.

산사 오솔길 걸어갈 때 가벼운 발걸음 흔드는 절집 풍경소리가 계절이 머물다 가는 숱한 사연의 흔적을 지우고 있다.

그대 마음에 아린 사랑이 쓰러진 고목처럼 삭아 가도 그대 미래 설계를 시작하고.

세월은 우리에게 만남과 이별 그리고 영광 상처를 주고 바람둥이처럼 떠나갔다.

늘 우리에게 남는 미련의 돌이킬 수 없는 빈손을 남겨두고 바람둥이처럼 훌쩍 떠나갔다.

늘 방황하는 우리들의 우스운 일로.

한라산 바람은 한라산 소리를 내고, 지리산 바람은 지리산 소리를 내고, 설악산 바람은 설악산을 소리를 내고 있다.

예상밖 오가는 우리들의 삶, 삶의 원형으로.

삶의 모서리를 서로 잡아당겨 결국 남은 건 남루한 삶의 모서리가 펄럭인다.

소리 내지 않고 우는 울음으로 다시 쥐어 보는 굳은 주먹은 내 유일한 삶, 정당한 이유.

다 지나간 일을 촛불처럼 밝히면 뭘해.

눈[雪]보다 더 빨리 눈[目]이 된 그대여.

말[馬]보다 더 빠른 말[言語]이 된 그대여.

좋은 일은 그쯤으로 덮어 두어라.

그대의 잘못된 슬픈 일을 소각하라.

그대가 거듭 상기할 그대 마음의 평화로.

문풍지가 요란스레 우는 차가운 그대 하늘에 내 시린 별이 뜨고 있다.
끝없는 사랑이 굳어버린 언어로 가슴이 떨고 있다.
손이 떨린다.
말없이 머뭇거리는 웃음의 가장자리.
입속의 목마름의 갈증이 도진다.
그대 마음에 꼭 맞는 그 자리.

가끔, 아무도 없는 숲이 되고 길이 되고 싶을 때가 있다.
명암이 엇갈리는 호젓한 산그늘, 그대 언어 같은 노래 실은 한 시대의
표류물로 예기치 못한 내 생애의 연속으로.

한 줄기 불어오는 바람결이 오늘따라 새로워 보일 때 불혹의 나이
거머쥐고 가벼이 오르는 나의 계단.
아, 이마에 닿을 듯한 나잇값 치를 수 없는 나잇값의 공짜 삶, 눈앞
에 내 얕은 지식과 목표로 향하는 인생관.

혼자 있어도 여럿이 있어도 혼자고 싶어질 때 헝클어진 일상을 돌아
보면 그대와 나는 목석이 된다.
바위에 걸터앉아 부르는 그대 노래는 땅바닥에 주저앉아 부르는 그대
노래는 같은 노래다.
나 혼자고 싶어질 때 누군가 사랑하고 싶을 때 내 허전한 생각으로.

아, 나이 들고 이제야 조금은 알겠구나.
사람이 사람답게 살기 위해 배운다는 것을.
더 열심히 배운다는 것은 언제나 준비된 내 삶의 여백.

산다는 것은 그리움입니다.

가장 사랑하는 사람은 늘 울 밖에 있습니다.

가장 사랑하는 사람은 늘 다가설 수 없는 거리에 있습니다.

아, 사랑하는 사람을 잊을 수 없는 것은 타는 입술, 목마른 가슴이 있는 까닭입니다.

즐거운 내 사는 방법의 활용이 잠들고 있기 때문입니다.

존재하는 내가 고독의 징검다리 건너는 법을 잊은 채 어른이 되었습니다.

꿈을 가진 만큼 꿈을 꾼 만큼 인생의 징검다리를 폴짝폴짝 건넜습니다.

더 큰 축복 받아 더 큰 사랑 느끼며 믿는 선택의 그대 예지를 보며.

산소 같은 그대가 아세틸렌 같은 내 손잡았을 때 땡그랑 응시한 곳에 마주친 우정, 믿음의 마음에 불 지펴 빛 터져 나온 섭씨 삼천오백도 그대와 나 정갈한 만남의 눈빛.

동행 II

만나 보면 트이는 맑은 눈빛.
정 안 가는 곳 없고
대화 나누면 따듯한 마음씨 이리도 고운데
어디 또 있나.

일상의 말[言語] 무게 아래로 눌리는 심상.
생각해 보고 재어 본 사람.
그리 흔하지 않아도 행동의 자아는 얼마나 침식되었나.

문득 알 길 없으나 오늘보다 더 나은 내일이 일어날 것이다.
더 밝은 희망의 날이 용솟음칠 것이다.

내가 그대 가만히 바라보면 얼마나 소중한 사람인지를 생각해 보라.

우리 함께 웃으며 동행하다 보면 무게도 형체도 없는 사랑으로 남은
쓰리고 아픈 마음 달래 줄 수 있는 그런 여유의 사람으로 오늘은 오늘
이고 내일은 내일이라 말하지 말자.
내일, 내일은 오늘보다 더 나은 환희의 날이 올 거다.

우리 어깨 맞대고 함께 이 길을 가야만 할 사람들.
내가 소중하면 그대 또한 그 얼마나 소중한가.
우리 서로 존중하는 마음으로 나란히 걷다 보면 분명 우리 서로 사랑
하리라.

제7시집

창가에 부는 바람

기쁜 사랑

바람 부는 날의 시

실다운 모습이 저녁노을에 빛나고

보리밭

옷의 의미

기쁜 사랑

이 시간은 나에게
영원을 밟는 연습을 하게 했다
늘 넘어지는 연습을 하면
일어서는 아픔 그런
회열의 기쁨을 알 수 있다는 것을

이 시간은 나에게
앞질러 가는 것보다 더디게 가는 법을 알게 했다
늘 양보하는 마음 가지면
찬연히 일어서는 양심, 그런
진리의 사랑이 행복 가득 가슴에 쌓인다는 것을.

바람 부는 날의 시

재 너머 영마루에 누가 바람결에 실려 가는 한 줄 세월을 얹어 놓고 갔는지 웃자라디 웃자란 억새 풀에 노송이 넌출 대고 있어 삭정이 가지 끝 솔방울이 대롱이고 있다. 모두 지름길로 가기만 해도 둘러 가는 법만 익힌 한 영감의 발길은 앞 새워 가는 늙다리 소걸음만큼 느리기만 하다. 서낭당 돌무덤을 돌아온 세월이 화살 물음표 하나 남기는 재 너머 영마루의 고갯길.

오솔길 따라가다 보면 누가 좁은 길 열어 넓은 길 펴 놓았는지 옛길이 눈앞에 아롱이다. 느닷없이 무공으로 흩어지는 검정 고무신 신고 뜀박질 치던 사람들의 목소리가 있다. 세월 앞에 날 선 바람의 모습이다. 마음도 가만히 잊질 못하는 길섶에 폴폴 날리는 추억의 뒤안길.

산비탈 모퉁이 돌아서면 누가 언제부터 땅을 일구어 살다 갔는지 전설처럼 고개 내민 깨진 그릇 조각이 고스란히 남았다가 세상 이야기 알뜰하게 담은 노을로 무논에 찰랑인다. 하늘에 웅성웅성 모인 구름 떼가 지나가는 정겨운 모습을 포르르 날아가는 텃새가 흔들리고 있다. 헛기침하다 되돌아오는 한 노인의 뒷모습이 길섶 질경이처럼 하늘거리는 바람 부는 날의 풍경.

산기슭 아래로 바람 따라온 누가 여러 개 달을 내려놓고 갔는지 초가지붕 위에 박들이 영글어 가고 있어 그 아래 평상에 박들이 영글어 가고 있어 그 아래 평상에 드러누운 소꿉친구 아이들이 흥부·놀부 이야기를 하고 있다. 구름 속 뒷간 갔다 온 바람이 제 모습 닮은 그림자를 보고 놀라 아이들 이야기 속 동아줄에 꼼짝을 못하고 있다. 어디서 철 늦게 날아온 모기떼의 극성이 밤 깊어가는 줄도 모르고 설쳐대는 여름날의 밤.

하루살이를 불러들이는 가로등을 보고 있으면 누가 안달 나게 오라는 기별을 하지 않았는데 후회의 시간은 맥없이 돌고 있다. 모르긴 해도 불빛에 제 모습 태우는 건 저 하루살이들의 애타는 심사 가는 세월 모자이크로 비켜 막는 이 무더위 오십여 년만의 제정신 잃은 촉각의 눈동자, 가로등 불빛 아래의 평행선.

묵어가는 길섶 따라가다 누가 지난 세월로 길을 막아 놓았는지 제 모습 갖춘 산 복숭아 한 그루가 전설처럼 살아서 출렁인다. 아득한 유연의 기억, 허기진 배 채우려 산 복숭아 한 개 따 풀잎에 싹 닦아 베어 먹든 추억이여. 아장아장 걸어가는 내 유년의 기억.

개구리 우는 소리에 선잠 깬 눈 돌려 바라보면 누가 재빠르게 여울지는 저 시냇물을 실답게 보냈는지 도르르 구르는 이슬방울이 풀잎의 노래로 풀리다가 영롱한 일곱 빛 무지개로 찬연히 떠 있다. 자욱한 안개 걷어차고 화음 찾아가는 바람이여, 그대 고운 목소리 여울진 호젓한 산그늘에 간간이 반짝이는 낮에 뜬 달 그 모습 어우러진 물여울의 고운 노래.

노을 속 지나가던 꽃샘바람을 누가 잘려 나가게 했는지 적막 푸른 연초록에 희망이 고이고 있어, 비로소 한 노인의 생애가 운모처럼 반짝인다. 내일을 바라보는 곱디고운 미소로 일어선다. 풍악이 어우러진 홍겨운 노래가 일제히 기상하고 있다. 풋풋한 청솔잎처럼 살아가고 있는 한 노인의 그 따뜻한 가슴처럼.

성미 급한 바람이 마을 어귀를 빠져나갔는데 누가 속속들이 다 아는 바람을 오게 했는지 그림 속의 노자처럼 정지된 의지의 모습 몇 개 한곳으로만 응시하고 있다. 차마 아하 잊을 뻔한 속사정의 사슬 같은 의지가 시계 줄로 나이테를 하나하나 그린다. 말 못 할 가슴앓이 속사정을 아무에게도 이야기하지 않는 마을 어귀의 고목.

실다운 모습이 저녁노을에 빛나고

허술해 보이는 외진 작업장에서
백발노인은 세월 가는 줄도 모르고
척추협착증으로 허리가 도져 와
온몸이 아려와도 일을 했다

여름날 땀방울이 등 뒤에 여울져도
겨울날 시린 한기가 늑골 속 파고들어도
'내일은'하는 희망을 버팀목처럼
설레는 희망 하나로 살아왔다

가끔 질곡 한 생활이 걸림돌이 되어도
입술 안으로 삭이며
희망을 지키며 절망을 이겼다

젊을 때 푸른 꿈을
노년에 붉은 꿈을 실현하고 있다
가끔은 시련의 그 파장 감당을 못해도
양 볼 오목한 몰골로 웃고 있었다

삶을 행동으로 내보이고
연륜의 침묵을 지켜가는

그 실다운 모습이
저녁노을에 빛나고 있었다.

보리밭

아버지의 한 생애가
이력서처럼 쓰인
보리밭이 있다

향수에 젖은 오뉴월 햇볕이
검정 노랑 고무신 신고
와르르 달려온 보리밭에
종다리 울음소리 높아만 가고 있다

먼 옛날
청명한 봄기운에
유년의 꿈을 안고
동구박 나오던 날처럼
두엄 냄새 물씬 나는
보리밭에
고향의 노래가 그대로 남이
귀 전에 윙윙거리고 있다

파란 하늘 닮은
싱그러운 꿈이 자라고 있다
재생한 추억 한 조각이

자벌레처럼
스멀스멀 기어가고 있다.

옷의 의미

나는 지금
내 옷을 입고 있지 않다
와이샤쓰가 그렇고
바지가 그렇고
외투가 더욱 그렇다

설사 시간이 지나면
또 다른 옷의 의미를
생각해 볼 요량이지만

바보같은 생각이다
바보같은 정말이다

아내는
내 모습이 어울린다 한다
옷이 더 우아하나 한다.

제8시집

기다림을 아는 자의 노래

기다림을 아는 자의 노래

대동리 사념

맘 편함이 저 멀리 있을지라도

봄바람이 붑니다

새처럼, 바람처럼

기다림을 아는 자의 노래

다가올 때가 있기에 우리는 기다린다
절망에 넘어져 힘겨울 때도
숯불처럼 숨 쉬는 기다림이 있었다
억새 풀 세월에 머리카락 날리며
그리움의 환희로 옷깃 여몄다
담장 너머 흔들리는 불빛 아래
다듬이 소리가 선잠 깨울 때
새벽 언어가 아려도
기다림을 아는 자의 다독거림은
행복의 화음을 감사할 줄 알게 될 거고
배고픈 이 만나게 되면 빵을 주기보다는
빵 굽는 방법을 가르쳐 줄 거고
이성의 눈빛 흐린 사람 보게 되면 지혜 담은
광명의 불빛 지피는 체험을 줄 거다
기다림이 있어 우리는 갈증을 참는다
기다림은
너와 나의 것이 아니라 우리 서로 다 공유하므로
닭 우는 새벽에 푸른 종소리 흩어져도
우리는 기다린다.

대동리 사념思念

30. 아침

해 드는 동구밖에 밀려난 어둠 자리
발등에 함초롬히 젖어 든 아침이슬
반가운 까치 소리도 고운 소식 전한다.

36. 인연

먹 갈다 꿈 빛처럼 지고한 하늘 보면
실다운 그대 모습 현란한 그리움은
목로沐露의 천성 하나로 숨결로 핀 꽃이여.

42. 세월 한 자락

산맥은 등이 차고 강물은 배가 차다
바람이 살랑이듯 설레는 마음의 귀
저 멀리 세월 한 자락 누군가를 기다린다.

맘 편함이 저 멀리 있을지라도

미운 정 고운 정은 사랑의 약속이며
떼어 놓으려 해도 떼어 놓을 수 없는
칼로 물 베기 혹은 인화물로 불길 가르기이듯
선악이 공존하는 이승의 피부 닿는 언저리
전장보다 더한 화재 현장·재난 현장에
불나비로 날아들어 불사조처럼 의연히 헤쳐낸
강인한 사람들의 응결된 사랑을
끝없이 조명해 온
사람 사람들이여

불길 소진하게 물길 내어주는 순리로
가려운 곳 보여주면 보여준 곳 긁어주는
다정다감한 사랑의 복된 텃밭 일궈
건실한 심성,
예리한 아라딘의 램프 켜고
심고 길러 온 복된 신념의 한 마당에
신념에 찬 사람들의 보람된 긍지를
한순간도 잊지 않고 기록해온
사람 사람들이여

그대들, 융기하는 불기둥 다음
소진한 재를 유심히 더 살펴보세요

때론, 맘 편함이 저 멀리 있을지라도.

봄바람이 붑니다

삼월 비가 마구 뿌리고 간 자리에
눈물 닦고 일어선
어머니 목소리 같은
봄바람이 붑니다

봄바람은 빨강 치마 노랑 저고리 옷자락 휘날리며
그대 앞에 바로 서질 못하고
그리움으로 너울댑니다
조선 여인의 아리따운 모습이
억센 사내의 눈길에 아삼아삼 들어와
억장을 무너뜨리고 있습니다

해지는 저녁 바빠진 행인의 발길처럼
앞만 보고 달려 온 세월이
내 빈 가슴에, 이미
보송보송한 그리움으로 무게도 없이
차곡차곡 쌓입니다

삼월 비가 마구 뿌리고 간 자리에
눈물 닦고 예쁘게 돋아나는
새싹들이 수도 없이 넘어지고 일어서는

연습을 위해
어머니 목소리 같은
봄바람이 마구 불어 댑니다.

새처럼, 바람처럼

일찍 기상한 내 영혼이
하, 먼 하늘에 떠돌다
시린 영혼을 생성하고 있다

명암이 얼비치는 시야에
기차게 어우러지다
당차게 약진하는
반짝거림의 일상이다

한랭한 별 떨기 위로
현악기 소리가
이승의 바람을 헹궈내고 있다

부리로 손짓하는 새처럼
온몸으로 흐느끼는 초목처럼
나는 고뇌를 하는가, 시를 쓰는가.

제9시집

탑塔의 언어言語

대동리 추억 1

솔바람에 깨어난 민들레 씨앗이
꿈속에 어리는 바꿈 살이 위에 앉으면
빗살 사이 유영하는 향긋한 그대 숨결이
새싹의 콧등에 간간이 흔들립니다
물에 젖지 않는 풀잎처럼 소원한 그대여
나는 그대 얼굴에 환희 피는
웃음이고 싶어요

천 년토록 변함없는 사투리 한 개
오가는 길손의 귀 전에서 맴맴 돌면
사람 찾아 떠도는 말 그리운 그대 음성이
꽃이 된 영혼에 간간이 부대낍니다
정에 굶지 않은 화음처럼 영원한 그대여
나는 그대 전신에 태어나는
노래이고 싶어요

돌멩이에 어린 세월 푸른 이끼가
순결한 오감에 속절없이 나풀거리면
잊은 가슴 울렁인 휘황한 그대 모습이
미풍에 꽃잎처럼 간간이 헤살댑니다
불에 타지 않는 화석처럼 천연한 그대여

나는 그대 가슴에 아로새길
사랑이고 싶어요.

어머니 당신은

나 있는 그대로 모두 사랑한
어머니 당신은
나의 불침번 보육자 파수꾼 보디가드
그리고 가르침의 인도자
늘 갚아야만 하는
차용증서이옵니다

어머니 당신의 믿음은
내가 이 세상 가장 아름다운 아이로
내가 이 세상 가장 자랑스러운 아이로
올곧게 자람이라 셨습니다

어머니 당신의 소망은
내가 이 세상 살아가면서
한 톨 종자 씨앗의 준비된 각오로
일하지 않으면 아무런 소용이 없다는 것을
인식하며 사는 거라 하셨습니다

어머니 당신의 사랑은
내가 이 세상 사는 동안에
기쁨 낭만 엄숙 화해 도움 배려가

가장 숭고한 고결로 자리할 수 있도록
영혼의 텃밭 일굼이라 하셨습니다

나 있는 그대로 모두 사랑한
어머니 당신은
내가 마음 약해 행동이 무뎌질 때
늘 은밀히 타이르시는 메시지처럼
내 생애의 의지를 일깨워 주셨습니다.

삶 3

살얼음판 같은
이 길을
인연으로 지은 옷
늘 껴입은 채
아리랑 노래 부르고
아리랑 춤도 추고
아리랑 고개를
은밀히 넘는 일은
참 은혜로움일 거야.

탑塔의 언어言語 9

위태위태하게 예리한 풀잎으로
거대한 바람 앞에 서 있다

하, 먼 하늘가 어디선가
그렇게 그렇게 달려온 바람이
흐느끼고 있다

시냇물 지저귀다 돌아눕는
산골에
빈 몸으로 흐느껴 울고 있다.

탑塔의 언어言語 17

작은 가슴 하나 채우지 못해
수천 번 어리석은 사람으로 남을지라도
머리로 살기보다는
가슴으로 살아가고 싶습니다

허물이야 날마다 벗으면 새롭게 태어나서
목숨으로 자만에 가득한 슬픔을 지우는
처방이니까요

삶의 뒤안길 돌아보면
진실로 둥글어지는 순리처럼
물길 늘 막을 수 없고
바람 늘 잡을 수 없듯
사랑도 늘 온기로만 있을 수 없기에
그대 눈가에 얼룩진 눈물이 고스란히 남아 있어
머리로 살기보나는
진정, 따뜻한 가슴으로 살아가고 싶습니다.

제10시집

사랑의 이름으로

세한도歳寒圖를 보며

정말 아무런 일없이
세상 잘 돌아가고 있는데
섶에 붙고야 말 듯 한 성미 급한
불꽃이
새빨간 혀 날름대며
한사코 굴뚝 위에
마구 솟아오르고 있다

한천寒天에 내린
별빛 달빛 머금은
그대 하얀 손등에
어르고 또 어른 정갈한
햇살이 그리워
시리게 서럽도록 괜히
깡마른 나뭇가지에
대롱거리고 있다

눈송이 밟은
새 발자국 같은 언어가
그대 사모하는 마음처럼
수많은 불덩이 열정으로

이성의 지붕 위로
와르르 쏟아지고 있다

그대 고운 눈빛 퉁겨내 지핀
내 작은 모닥불이
어느새
그대 삶의 지평선에
외로이 깜박이고 있다.

손등에 내린 햇살

먼 곳에 내린 햇살보다
손등에 내린 햇살이
따스하고 곱기만 하다

먼 곳 햇살을
더 그리워하는 우리는

먼 곳 햇살을
하염없이 바라보다가
모가지가 젖혀진 우리는.

길과 사랑

속절없이 숯이 되어
방짜 가슴에
화인火印으로 찍힌
영혼의 증표

하양 별로 남아
파란 하늘에
빙그레 도는
눈물의 의미.

사랑의 숨결

생명의 외경畏敬이 곧
가장 값진 희생이라는 걸
그대들을 기리는 이 순간에도
참 숭고한 사랑의 숨결인 줄
정말 잘 알 수 있습니다

화재 구조구급 출동
수난 현장 생활안전 출동
119
시공을 초월한 절박한 상황에서
촌각寸刻을 다투는 생사의 갈림에 선
수많은 생명 재산 지키기 위해
내 한 몸 기꺼이 던져 생명줄 이어 온
그대들 희생 봉사는 희열에 핀
저 우주보다 더 귀한 목숨입니다

내 한몸 부지하기보다는
우리 모든 국민을 위해 고이 산화한
그대들 기리는 이 순간에도
참 성스러운 사랑의 숨결을
느껴 알게 합니다.

고인돌을 생각하며

소방대원들은
고인돌을 생각하며
숫돌에 날 세우듯이
화재를 진압합니다

온갖 물건들이 타면
오로지 하나
타면 탈수록
매캐함 냄새들

갈망하는 불나방
영생하는 불사조

소방대원들은
고인돌을 생각하며
숫돌에 칼날 벼르듯이
화재를 진압합니다.

제11시집

처용이 사는 곳

풀잎

신록이 타는 들판에서

무씨를 받으며

날 갠 오후에

처용이 사는 곳

풀잎

내게 늘 하늘에 사는 구름이
한없는 꿈처럼 좋았네
햇빛 그리고 바람에 묻어 난
그대 그리움이 쌓이는 작은 꿈은
늘 그늘진 산그늘에 묻힌 어둠처럼
항상 그대 바다에 넘실대고 있었네

햇빛은 햇빛으로 남고
바람은 바람으로 남아야 하건만
산그늘 아래 소복 쌓인
저 무수한 시간 들의 집합체
그 안에서 우리는 고뇌의 사색으로
그 무엇을 위해 악착같이
삶을 끌어안고 있었네

햇빛은 햇빛으로 남고
바람은 바람으로 남아
무작정 그늘 속의 그늘은
다시는 만들지 말아야 할 일이네

구름 속의 작은 꿈,
그 근원의 인식을 생각하며
우리는 저마다 꿈을 꾸고
조용조용 그 무엇을
풀잎처럼 기꺼이 그려가야 하네.

신록新綠이 타는 들판에서

모든 게 넘침이 없는 저기 저편
신록이 타는 들판 좀 봐
누군가를 지켜보듯 가만히 바라보면
이 청명한 하늘 아래
나 홀로 아닌 그대 있기에
늘 동행하는 미지의 낯선 곳에서도
우리 서로 아주 닮은 한 폭 그림 같아

이른 봄부터 지금까지
날씨 이야기를 추억으로 간직하고
줄 것은 주고 사를 것은 살라 버리는
저 아주 아름다운 생의 그루터기 그 뒤안길에
하얀 망초꽃이 무수히 피고 있네

이다음 먼 훗날
갑자기 낯선 친구가
나에게 찾아오면
향기로운 언어를 구사해
저 신록이 타는 모습처럼
그렇게 될 수 있다면
더 바랄 바 없을 거라는 생각이네.

무씨를 받으며

누가 죽었나 보다
죽어서 한 알 밀알이 되었나 보다
저 가련한 줄기들의 모습에서
아, 파랑 노랑 하양 원색을 뽐내고
나풀거리던 모양들은 얼마나 아름다웠던가

누가 분명 죽었나 보다
죽어 한마디 묘비명을 남겼는가 보다
때가 되면 마땅히 떠나야 할 줄 아는
아, 분명한 모습을 행동으로 증거 하는
확연한 모습은 얼마나 아름다운 일인가

슬픈 노래보다 더 슬픈
언어가 여름 들녘에서 춤추고 있다
진한 땀 냄새보다 더한
삶이 출렁이는 향기가 있다

아, 고독에 쌓여 고독을 뛰어넘는
참 아름다운 사랑은 얼마나 진지한 일인가.

날 갠 오후午後에

비 그친 오후에
온 세상을 바라보아요
은근하지 못한 일들이
그대 마음의
청록빛 그 연한 모습에
아주 신명 나게 빠져들걸요

투명한 공중에
아주 영롱히 빛나는
저 일곱 빛 무지개가
그대 고운 마음처럼
늘 내 마음의 중심에
자리하고 있어요

고개 들어서 투명한
하늘을 바라보아요
발등에 무수히 내린
시간의 파편들이
시간의 여백에 소복 쌓이고 있네요
오로지 그대 존재함의 의미는
아픈 상처 어루만지며
다시 일어나 시작하고

한쪽 삶을 가꿔가는
진정한 이룸의 의지인걸요

비 그친 오후에
온 세상을 바라보아요
은근하지 못한 일들이
그대 마음의
청록빛 그 연한 모습에
아주 신명 나게 빠져들걸요.

처용處龍이 사는 곳

산천초목
아름다운 우리나라는
어느 곳 할 것 없이
지혜로운 처용이
사는 곳

경제발전이란
거창한 휘호 달고
환경 오염 그만 해요

국토개발이란
거창한 간판 걸고
환경파괴 그만 해요

산천초목
아름다운 우리나라는
어느 곳 할 것 없이
지혜로운 처용이
사는 곳.

제12시집

그대 가슴 속 노을 진 강가에 서서

그대 가슴 속 노을 진 강가에 서서
내 영혼의 곳간 비우고
기원
별빛, 그 아득함으로
서리꽃 같은 내 이력서여

그대 가슴 속 노을 진 강가에 서서

그대 가슴 속 노을 진 강가에 서서
나는 오늘 하루 단조로이 흩어진 것들을
물안개 속 강물로 모두 띄워 보내고
돌아서서 아쉬움으로 설 맺힌 걸 보았다네

작은 것에 갇혀 있는 내 안에
정말 소중한 그대여
고민 인내가 소용돌이치는 시간이었다네
분노도 잘 역류한 아름다운 고요로
별빛 사이 명멸이 밝아오는 잔광처럼 빛나고
눈물처럼 흐르는 그리움으로
영글어 빛나고 있다네

잠시 생의 여유를 잃어버린 이 시간에도
온 세상은 너무 아름답고 상서로운 조화로
가만가만 흩어져 도도히 흐르고 있음을
그대 가슴 속 노을 진 강가에 서서
나는 분명 보았네.

내 영혼의 곳간 비우고

나 그대를 위해 살다 가리라
나의 언어가 이른 새벽 푸른 종소리로
그대 가슴을 지나 허공에 흩어져 소멸해도
나 무작정
내 영혼의 곳간 비우고
나 그대를 위한 믿음으로 살다 가리라

나 그대를 위해 살다 가리라
나의 영혼이 간절한 기도로 밤 지세우고
그대 사색의 뜰에 빈 마음으로 거닐어도
나 기꺼이
내 영혼의 곳간 비우고
나 그대를 위한 소망으로 살다 가리라

나 그대를 위해 살다 가리라
나의 사상이 고독한 비상을 꿈꾸어도
그대를 위한 자유에 구속으로 정박해도
나 진실로
내 영혼의 곳간 비우고
나 그대를 위한 사랑으로 살다 가리라.

기원祈願

올겨울은 유난히 따뜻합니다
이상기온입니다
겨울은 겨울다워야 하는 법
지난해 같으면 이맘때
차가운 날씨였는데
올해는 이상기온으로
봄처럼 포근함의 지속입니다
억장이 무너질듯한
태산 같은 걱정입니다
억장이 무너질 듯한
태산 같은 걱정입니다
한 해 겨울은 길지 않습니다
내년 농사 잘되게
차가운 겨울다운 겨울이
그대로 유지되게 하소서
이상기온을 멈추게 하소서
지금 지구촌에서는
우루과이 라운드가 휘몰아쳐
한반도의 논밭에 농심이
뜬눈으로 수고 잠자고 있습니다
제발 기원합니다

봄 같은 겨울의 한가운데가 싫습니다
겨울다운 겨울을 주소서
신바람 난 농심이 논밭에 머물러
늘 제자리에서 도약하게 하소서
자연의 순리인 생성 소멸이
늘 함께 공존하게 하소서
주제넘은 소리가 아닌지
그저 얼굴 뜨겁습니다.

별빛, 그 아득함으로

그리움의 푸른 조각이
미루나무 가지에 걸려
그리운 동구 밖 어귀에
금줄처럼 일렁이는
나의 영혼은
아직도 잃어버린 자아를 찾는
세월의 그루터기에
아득한 추억의 아린
염원과 꿈으로 아직 남아 있다

이 작은 도시에 가끔 오가는
식품 장수의 목청소리는
수요 공급 그 작은
포물선의 한계에서 하늘거리다가
칠월에 팔랑이는 잎새에
그리움을 캐다 환도하고 있는데
여전히 삶의 굴곡 칠 부 능선에
허덕이는 내가
고향 터 지키며 살아가는 사람들의
정다운 삶이
야생화보다 더 고와
나는 세월의 고개에

잰걸음으로 머물고 있다

어머니 아직도
어머니의 작은 심부름을 하는 나는
늘 둘러멘 꼴망태 밖으로 삐죽 내민
조선낫이랑 호미 날을 만지며
경건한 노동을 잊어버리고
나 방황을 하고 있다
눈 감아도 아련히 떠오르는
쟁기날 지나간 곳에 사금파리가
유난히 영롱이고 있다
가슴에 품고 살아온 속절없는 설렘이
그리움으로 폴폴 날리며 환도 치고 있다

어머니 우리 어머니
무작정 앞만 보고 달려온 나는
이제 상처 난 완두콩 씨앗에도
흔들어 싹틔워 열매 맺게 하고
그리운 고향 텃밭에서
내 말을 다 들어주신 당신 모습처럼
병아리 떼 삐약 거리고
송아지 목소리 풀어진 채로
실개천에 떠내려오는
영롱한 입 곱 빛 무지개가
바이 둥둥 떠내려가고 있다

늘 배고픈 서러움 달래려 풀밭에 누워
하늘 바라보며 풀잎 소리로 전파해온
내 유년 시절 모습이 흩어졌다 모여드는
저 흰 구름 같은 그대로다
나는 아직 무시로 선잠 속의 노자가 되어
늘 푸른 슬기로 살고 있다

어머니, 내가 사랑하는 우리 어머니
나는 아직 그때를 그리워하다
내 그리움이 방패연 대나무 살 같이
흔들리다 상승하는 그때 꿈을 꾸고 있다
이따금 구름에 가려 바람에 떠밀려
격렬한 불꽃이 춤추고 있다
성근 별빛 그 아득함으로
그리움의 싱그러운 추억의 푸른 꿈을
무한히 온몸으로 느껴본다.

서리꽃 같은 내 이력서여

그해 겨울
읍내 중학교 가는 길의
장백 마을 뒷산은
온통 서리꽃 피고
굽이굽이 황톳길도
빙점 모은 서릿발로
밤새 이앓이 한 아버지 잇몸처럼
솟아오르고 있었다

언제나 내리 못다 한 사랑을
울컥 삼키시던
우리 아버지의 생인손이
지난밤 봉창 문에
허상의 달그림자를 그대로 받아
건계정 위천천에 얼비쳐
시린 언어가 영롱하게 빛났다

아직도 늘
여울저 흐르는 물살처럼
내 삶의 흔적에
언제나 아련히 남아 있는
서리꽃 같은 내 이력서여.

제13시집

겨울나무야, 겨울나무야

겨울나무야, 겨울나무야
그런 사람 되소서 1
무엇이 되고 싶다
복사꽃이
한 남자의 소방사랑

겨울나무야, 겨울나무야

언 땅에 서 있는
겨울나무야, 겨울나무야
이 겨울에
차가운 바람이
너의 늑골로 불어 대다가
휘몰아 몰아치면 어쩌하랴
이 겨울 지나면
너도 분명
따뜻한 봄을 맞으리라

늘 비워서 빛나는
겨울나무야, 겨울나무야
이 겨울에
숨 가쁜 절망이
너의 앞길 가로막고 있다
언서푸 맞서오면 어쩌하랴
이 겨울 지나면
너도 분명
온유한 봄을 맞으리라.

그런 사람 되소서 1

어려움이
곤줄박이로 쌓여도
사랑 인내로
다 감내해 줄
속 깊어
정말 믿을만한 삶
그런 사람 되소서

외로움이
한기처럼 엄습해도
온유 절제로
다 조절해 줄
남달리
정말 부지런 사람
그런 사람 되소서.

무엇이 되고 싶다

나는
나는 풀이 되고 싶다
산들에 자생하는
쑥이 되고 싶다

나는
나는 새가 되고 싶다
꽃봉오리에 열정으로 나르는
벌새가 되고 싶다

나는
나는 길이 되고 싶다
한평생 끝없이 걸어가는
외길이 되고 싶다.

복사꽃이

복사꽃이
춤을 추고 있다

춤을 추면
그 속내를 모를까

그래 슬픔은
잠재울 수 있지만
삶의 여울에
흔적을 남기지

춤을 추면
한 세상 너머로
볕이 정말 잘 들까

복사꽃이
춤을 추고 있다.

한 남자의 소방사랑

천지간 사방으로 통하는 여울목에
수호천사처럼 아무런 조건 없이 다가
소중한 인명구조 구급 이송할 때도
어디선가 연거푸 다가오는 긴급재난에
온몸 부서져도 사투로 신발 끈 조여
생사의 현장에서 펼쳐지는 임무들

사계에서 저 갈 길을 못 잡는 긴장 사이
한 세상 사는 동안 시름겨운 세상일에
119 사이렌은 소리북 치듯 심장 두드리고
신속 날렵한 추임새로 기꺼이 소방활동
오, 사명을 영광스러운 숙명으로 아는
하루 25시 수호신인 그대들 정말 위대해라

심신이 지친 마음속까지 황폐해져도
오로지 화재진입 구조구급의 재난 현장은
시공時空도 비켜 앉아 넋 나가는 일 참 많다
그래도 언제나 저 재난 현장 중심자리에
우리 스스로 자랑스러워할 보람 긍지로
눈비 맞고 화염 냄새로 괴로워도 좋으리라.

사랑의 연산演算 1

하나 곱하기 하나는
하나가 되지만
하나 사랑하기 하나는
무한대가 될 수 있어요

세상의 표정을 바꾸고
세상의 삶의 질을
향상되는 일
이 얼마나 위대한 창조입니까

문득,
'사랑합시다. 사랑하세요.'
그분의 말씀이 한결 밝아 옵니다.

소화기 消化器

빨강 노랑 하양 원피스 입고
다소 곳 서 있는 네 모습
빨강 노랑 하양의
119 엔지니어
119 소방대원

자주 눈길 주어야지
참 믿음직스러워
너무 자랑스러워

하루 25시를
부동자세로 서 있는
너는 정말 미덥고 자랑스러운
용병, 나의 용병이다.

나무는

나무는
태어나 자란 곳을
탓하지 않습니다

나무는
뿌리 내린 곳을
원망하지 않습니다

나무는
꿈과 희망을
포기하지 않습니다

나무는
사랑을 함부로
표현하지 않습니다

나무는
사는 동안 제자리를
떠나지 않습니다

나무는
죽어서도 제자리에
올곧게 서 있습니다.

불이 춤을 추고 있다

불이 춤을 추고 있다
풍속과 온도와 타는 물질
그리고 건물구조는 모두 달랐다
불은 이 세상의 가장 화려한 시다

불이 춤을 추고 있다
풍속에 따라 춤사위가 다르다
타는 물질에 따라 춤사위가 다르다
건물구조에 따라 춤사위가 다르다

영하의 시린 혹한에
불이 춤을 추고 있다
전신에
열기와 오한은 찰나다
예고 없이 일어나는 불은
예고 없이 주저앉고 만다
예고 없이 우쭐대는 불은
예고 없이 넘어지고 만다
영하의 시린 혹한에 방심이 지뢰다.

세상사는 일 감동스러움은 드물지만

세상사는 일 감동스러움은 드물지만

그대 사색의 뜰에 간절한 바람이 불고 있다
그대 신념처럼 간직해 온 숭고한 믿음의 고상한 감정은
아른거리는 숲속의 바람처럼 엎어져도 다시 일어나리라

그대 마음의 창에 간절한 바람이 불고 있다
그대 철학처럼 간직해온 완전한 소망의 슬기론 지혜는
찰랑거리는 허수의 바람처럼 부딪혀도 다시 일어나리라

그대 동행의 길에 간절한 바람이 불고 있다
그대 사상처럼 간직해온 올곧은 사랑의 마중물 나눔은
하늘거리는 풀밭의 바람처럼 넘어져도 다시 일어나리라

세상사는 일 감동스러움은 드물지만.

제15시집

내가 살아오는 동안에

결혼 축시
그대 눈길 머무는 자리에
청렴 3
간이역에서
안전은 5

결혼 축시

허전한 사내란 별 하나와
쓸쓸한 여자란 꽃 한 송이가
마침내 허전함과 쓸쓸함을 덜어줄
온전한 별꽃 사랑을 위해
오늘 한 가정을 이루게 되어
정말 너무 행복하고 멋져 보여요

이제 그대들의 쓸쓸함과 허전함의 외로움은
조금 덜한 참 즐겁고 아름다운 인생에
부부란 인연의 이름을 얻었어요

결혼은 인생의 빛나는 온전한 사랑을 위한
인내의 시작입니다
언제나 둘이 서로 마주 보며 나란히
함께 걸어가는 것입니다
오늘 이 경건한 축제처럼
서로 존중과 극진한 예우로 삶을 영위하세요

그대들에게 정작 전하고 싶은 말은
늘 서로 예뻐하고 고마워하고 감사하고 존경하고
서로 아낌없는 사랑을 하세요

수레바퀴가 제 역할을 하기 위해 서로 마주 보며
늘 평행을 유지하고 현악기의 음색이 각기 달라도
현이 항상 나란한 간격을 유지하듯이
각자의 삶을 존중하는 의미는
늘 즐거움을 채워주는 사랑의 미학입니다

그대들 서로 사랑해서 오늘 결혼하는 것처럼
가정생활도 끝없는 사랑 실천이 필요합니다

허전한 사내란 별 하나와
쓸쓸한 여자란 꽃 한 송이가
마침내 허전함과 쓸쓸함을 덜어줄
온전한 별꽃 사랑을 위해
오늘 한 가정을 이루게 되어
정말 너무 행복하고 멋져 보여요.

그대 눈길 머무는 자리에

돌아간 사람들 빈자리에는 아직 짠하게 남은 온기의 체취가 남아 있는 법이다.

아직 남아 있는 이들은 돌아간 이들을 아쉬워하며 또다시 자릴 추슬러 만들고 있는데, 방금 침묵 안으로 막 뛰어 들어온 별 하나가 내 늑골을 파고들어 시답잖게 사그라져 주저앉아 살포시 고개 드는 아련한 옛 추억 속으로 뚝뚝 떨어진다.

내 영혼에 바람이 분다.

내 영혼이 바람에 부대끼며 초목을 흔들리게 하는 이 한때 흔들리는 건 초목뿐이 아니다. 내 고요의 시간이 그대 안으로 침몰 되어 첩첩산중 되돌아오는 메아리로 이 고요의 적막함을 배반할 수 없는 동아줄로 내 사유의 용량을 가늠하지 못하고 있음에 애잔한 간절함이 이 가을날 일교차처럼 담금질하는 그 멋으로 다 갈 수 있는 것이다.

지난여름 갑자기 후려친 태풍의 노도 뒤에 숨겨진 한탄의 위력처럼 내 침묵의 늑골에 허무로 다가온 그대 고운 얼굴에 이미 다가와 있는 그대 눈길 머무는 빈자리.

청렴 3

청렴은 청렴해서
참 행복하다

청렴은
품행이 올곧은 것
우리 모두 실천해야 할
믿음

청렴은
생활이 투명한 것
우리 모두 지켜야 할
소망

청렴은
언제나 편안한 것
우리 모두 공유해야 할
사랑

청렴은 청렴해서
더 행복하다.

간이역簡易驛에서

이보시게 친구여
그대 간이역에서
한참 기다려 보았는가

간이역에 서면
그 따뜻했던 마음도
그 다정했던 마음도
몽땅 빼앗겨 버린
텅 빈 마음만 남아
무시로 불어오는 바람도
어쩌다 생각나는 그리움도
외롭고 쓸쓸함만 남는다

간이역에 서면
문득 어느 한 여름날
몹시 무더운 한 여름날
날씨는 무척 무더운데도
뼛속까지 바람이 난다
온몸이 저리다
내 가슴이 먹먹해진다

이보시게 친구여
그대 간이역에서
한참 기다려 보았는가.

안전은 5

적당주의는 가라
형식은 소멸하라
대충과 설마 방심은
안전의 최대로 심각한 적이니
모조리 제거하라

평소에 깐깐한 안전 점검
평소에 반복된 안전 훈련
평소 깊은 안전 문화 의식
규제라고 말하지 마라

기꺼이 동참하고
몸에 익혀라
우리 모두 공유해야 할 일
제대로 자기 맡은 바 임무
최선을 다하는 일이다
터무니없이 어리석을 만큼
안전을 다할 일이다

적당주의는 가라
형식은 소멸하라
대충과 설마 방심은

안전의 최대로 심각한 적이니
모조리 제거하라.

제16시집

세월에게 길을 묻고 그 답을 찾다

화재론

구조론

구급론

재난현장활동론

소방용수시설론

화재론火災論

사람의 의도 반해 발생한 연소 현상
소화할 소방시설 필요한 경우 말해
그 외에 화학적 현상 폭발까지 포함해

연소 후 재 남기는 월등한 발생 건수
상온에 액체 상태 가연물 되는 화재
전기의 취급장소에 화재 건수 늘어나

가연성 금속류는 분말 상 더 위험해
화재 시 물 계통의 소화제 사용하면
절대로 안 될 일이다. 내 코끝이 맹맹해.

구조론救助論

예기치 못한 사고 숨 가쁜 생명 신체
위급한 목숨 들을 안전히 구출하는
오로지 자기희생은 구조 중의 으뜸 꽃

유형별 사고수습 최우선 인명구조
각지 시 행동 요령 내용을 우선 숙지
도착 시 현장 확인은 구조 승패 좌우해

평소에 연마해 둔 다양한 구조기법
시간을 초월하는 재난의 현장 상황
온전히 있는 힘 다해 구조하는 첨병들.

구급론救急論

사람의 신체 생명 구하고 보존하는
119 구급대가 하는 일 분명해져
고통의 경감 단축이 환자 심신 중요해

위급한 상황에도 수행 시 일반순서
현장의 이송단계 병원에 도착까지
세심히 환자의 분류 구급대원 그 권한

평상시 연마해온 기법의 응급처치
한시도 잊지 않는 항상심 또한 중요
날마다 내 몸 돌보듯 그런 상황 유지를.

재난현장활동론 災難現場活動論

국민의 생명 재산 지킬 일 다짐하며
일어난 사회 자연 재난 날마다 일 생기면
순식간 막무가내로 침착하게 구조해

자연에 발생하는 위험한 자연 재난
편리한 인공물에 위험한 사회재난
이처럼 사회적 재난 피해 또한 막대해

위기의 재난 방재 대형화 추세 앞에
풍수해 지진 대응 한몫을 하는 이때
국가의 기구 소방청 지휘체계 공고히.

소방용수시설론消防用水施設論

국가의 소방대가 화재 시 사용할 물
공급을 지원하는 소방용 수리 시설
소화전 저수조시설 동결 우려 없어야

지하식 소화전의 뚜껑이 덜컹대고
지상식 소화전의 몸통이 파손되어
소화전 점검하는 날 동네북이 다 되어

소화전 소화수조 급수탑 저수지 물
화재 시 긴급하게 용수를 지원할 때
흡입구 잘 통과하는 그런 관리 소중해.

제17시집

한길을 걷고 또 한길을 걸어

충청소방학교

충청남도 안전체험관

연가, 무공은

이 좋은 날에

나의 에필로그 7

충청소방학교

산새가 아침 여는 태조산 아래 터전
자욱한 안개 걷는 우렁찬 함성으로
해 맑은 이슬방울도 빛이 되어 반짝여

소방의 기치 아래 다지는 기법 연마
삼복과 엄동설한 아랑곳 하지 않고
젊음의 소중한 한때 피땀 흘려 눈부셔

참교육 바른 인격 배려한 봉사 소방
자긍심 잔뜩 심고 가꾸어 다짐한 일
조국의 부강한 미래 안전 초석 실현해.

충청남도 안전체험관

충남도 으뜸 체험 이루기 힘을 모아
일찍이 힘을 다한 관계자 모든 사람
한 결로 안전 제일을 체험 목표 삼았다

체험한 안전시설 도민들 위급안위
시금석 되는 일은 운영의 가장 목표
행복을 즐겨 누리게 끝도 없이 고민해

충남도 안전의식 다져서 이룩해낸
그 의미 위대하고 그 효과 놀라워라
반복에 반복을 더해 배가되는 효과다.

연가戀歌, 무공無空은

눈 뜨고 한세상을 살다가 또 한세상
눈감고 한세상을 잠들다 또 한세상
고민과 번뇌하다가 밝혀보는 무공아

아침에 남은 이슬 찰나에 흔적 없고
저녁에 짓는 이슬 어둠에 갇혀 있네
인연의 연줄 못 놓고 잔 주리는 무공아

온유와 사랑같이 자비의 공덕으로
은혜의 보답처럼 보시의 바람으로
인간사 측은지심을 다스리는 무공아.

이 좋은 날에

꽃피니 새가 오고 술 익자 자네 왔네
반가워 흘린 눈물 만남은 찡 한 거야
친구야 이 좋은 날에 아니 놀지 못하지

꽃지고 잎이나니 시원한 훈풍 불어
노동은 신선한 것 하는 일 실實한거야
친구야 이 좋은 날에 아니 놀지 못하지

봄비가 흠뻑 오니 지그시 실눈 뜨는
아직도 아린 미련 언제쯤 잊혀질까
친구야 이 좋은 날에 아니 놀지 못하지.

나의 에필로그 7

마지막 봉사 기회 거창한 명제지만
내색을 적게 하고 기량을 발휘하여
만나는 사람들에게 배품 배려 늘리리

조직은 리더의 몫 교육은 교육 수준
새로운 제도 도입 긍정의 평가 앞에
씨 뿌려 가꾸고 살펴 알찬 알곡 보리라

편향된 밀린 언어 자생한 정서 언어
웃음 띤 밝은 표정 상대의 마음 얻어
긍정에 협조 끌어내 소통의 힘 되도록.

제18시집

반중 조홍감이

영원永遠한 사랑

들꽃이 활짝 피듯 한 결의 사랑으로
농사를 퍼즐처럼 해 오신 아버지는
일생을 무지개처럼 아름답게 사셨다

끝없이 퍼주고도 허기진 바람처럼
갈증의 샘물처럼 내주신 어머니는
주고도 더 못 주어서 안달 나게 사셨다

햇살도 드러눕고 바람도 쉬어 가는
황마로 올라서면 애틋한 그 은혜가
그립게 조바심쳐서 눈부시게 빛났다.

사모곡 14

어머니
내가 이 세상 태어나
살아가는 동안에
이렇게 가슴이 아파본 일은
어머니 소천하신 이후 처음입니다

어머니
가슴이 아주 많이 아프니까
걱정이 없어졌어요
어머니
가슴이 아주 많이 아프니까
행복이 행복인 줄도 정말 모르고
소비해 버리고 살아온 날들이
끝없는 후회가 되어
목마른 갈증처럼 연거푸 와요
어머니
너무 보고 싶어요
내 영혼이 한 마리 나비로 환생해
어머니 산소 옆에 훨훨 날고 싶어요.

사모곡 53

사랑이 세월 타고 영겁을 흘러가도
눈물이 솟구쳐서 가슴이 메말라도
저리듯 찐한 배품에 사랑으로 섬기리

은혜가 너무 깊어 그 깊이 높이 넓이
셈으로 못하지만 늘 주신 무한사랑
멍이 든 가슴에 담아 사랑으로 섬기리

속 타고 입 마르고 눈시울 적셔져도
내 인생 사는 동안 다 못한 지극정성
전율로 몸과 맘 깨워 사랑으로 섬기리.

사부곡 14

아직도 살아오면서 느끼는 그리움
더 남은 아쉬움 끝 미련입니다
처절하게 부수어져 날리는 편린을
사막에 부는 바람은 알고 있을까요
풀잎 끝에 이는 바람은 느끼고 있을까요
삭정이에 흔들리는 바람은 감당하고 있을까요

아직 코끝에 일렁이는 그 시간의 무게
생의 한 가운데 서서 흔들리고 있는데
나 이렇게 오늘도 아버지가 너무 그리워
흐르는 눈물을 삼키고 먼 하는 별빛을 봅니다
아스라하게 멀어서 희미하게 보이는 별빛처럼
아버지 그리운 사랑은 아직도 미생입니다

이승과 저승은 눈 깜박할 사이라지만
수수 억년 기다리다가 순간에 스치고 마는
별들처럼 그렇게 된다면 내 사상은 분명
믿음을 증거로 그렇게 꼭 기다릴게요
별이 별과 기다리는 마음과 정성으로
그 인내의 끝을 믿음의 고리로 삼을게요.

사부곡 53

여기에 안식 중인 아버지 어머니는
내 사는 한동안에 별똥별 되시는 일
날마다 두 손 모아서 감사함을 전해요

예전에 불효한 일 뒤늦게 알았으니
그 불효 세월 속에 무성히 자라남은
날마다 내 허물 지워 반성하며 살아요

정갈히 잘 단장한 아버지 어머니 집
이승에 이룬 흔적 저세상 빛이 되어
그 표징 고이 남아서 천년 사랑 되세요.

제19시집

생각하면 그리운 사람,
부르면 눈물 나는 사람

풍경소리

내가 죽어야만
아버지 어머니가 죽는다

내가 사는 날까지
내 영혼에
풍경소리 들리고
내가 죽는 날에
내 영혼의
풍경소리도 사라지리라

내가 죽어야만
아버지 어머니도 죽는다.

아내의 손톱

기도하듯
아내의 손톱을 보며
다시 보는
내 삶의 원형

삶의 여울에 적셔진
반달 같은 손톱은
내 이순 역의 풍경

내 마음 깊은 곳에
이미 고운 웃음이 된
아내의 반달 손톱.

할미꽃

한 세상 사는 동안 지울 수 없는 아픔
생애에 슬픈 한숨 방황한 산그늘이
어느새 주저앉아서 눈물 닦고 있었나

살붙이 세상 두고 홀연히 세상 떠나
울 엄니 온정 마음 얼마나 한이 많아
이렇게 고된 세월 앞 꽃피워서 서 있나

내 눈물 아직 고여 애타는 울 엄니는
슬픔이 서려 있는 한숨의 세월 안에
아직도 눈물 닦으며 연도하고 계시나.

말씀 2

삽날이 괭이 날이 호미 날 가래 날은
매달린 내 아버지 어머니 힘겨운 삶
부모님 한 생애 끝이 미련 속에 빛나고

일 속에 굳은 손이 호미 날 인장 찍고
조선낫 베인 흔적 풀 섶에 피로 뚝뚝
사는 일 전쟁이라는 그 한마디 쟁쟁해

늘 깨어 일월처럼 비바람 맞이하고
늘 깨어 일월처럼 눈바람 맞이해온
한 결로 반듯하게 산 그 모습이 정갈해.

만화방창 萬化方暢

내 고향 두메산골 활짝 핀 복사꽃이
간밤에 내 꿈속에 꽃비로 마구 내려
아직도 내 마음속에 즈린 발길 걷는다

봄바람 불어와도 두려워 하지 말자
봄꽃이 진다 해서 서러워 하지 말자
봄날이 아주 가는 건 아닌 줄만 알거라

꽃잎이 지는 것은 성숙한 아픔이다
무수히 피고 지는 봄날의 끝 간 곳에
지순한 만화방창이 석별의 정 나눈다.

제20시집

이순역을 지나며

고택故宅 8

마음이 무거울 때 비움의 시간 위해
가슴에 편안함을 안겨준 툇마루는
참 좋은 소통의 공간 삶의 여정 닮았다

마당에 바람 따라 뒤란에 산그늘이
하루를 마감하는 시간 밖 다른 여로
화합의 어울림처럼 삶의 조화 닮았다

장독대 가지런한 울타리 가장자리
낮이면 풍금 소리 밤이면 별빛 줄기
견문을 넓혀 가는 내 생애를 닮았다.

고택 10

내 옷을 입은 듯이 내 신을 신은 듯이
안락한 뜰 안에서 쉼 호흡 하고 나면
뒤란에 활짝 펴 웃는 노랑 꽃잎 골담초

아버지 어머니가 한평생 살아온 집
장독대 가지런한 내 마음 풍경소리
마당귀 고염 나무가 아직 까지 염불해

세월은 무심하게 가기만 할 뿐이지
인연의 소중한 끈 놓지만 않는다면
영원의 짠한 이야기 진솔하게 남으리.

초복初伏 무렵 4

살아온 초목처럼 흘러온 강물이여
침묵의 강물이여 아우성 강물이여
그대는 살림의 미학 기다림의 평안함

흰구름 가는 곳에 마음도 현란하고
바람과 돌이 만든 흙바람 향기 속에
그대의 지악스러움 들꽃처럼 퍼진다

시 짓는 일에 홀린 미련한 나 혼자서
연蓮 씨를 발아시켜 연못에 던져보니
그대는 내 마음 쌓인 천년 전의 빛이다.

배려配慮

들풀이 들풀답게 그 향기 풍기듯이
내 한 몸 사람답게 배려로 살아가면
수만 리 멀리 살아도 사람 향기 느끼리

나무가 우람하게 그늘을 드리울 때
내 몸을 경계하며 배려로 살아가면
어울려 같이 사는 삶 사람 향기 나리라

강물이 솟구치고 구름이 비켜 가도
내 한 몸 감사하며 배려로 살아가면
위기가 갑자기 와도 사람 향기 스미리.

만추晩秋

상강霜降이 지나가면 가을은 추적추적
풀잎은 만추의 꿈 접은 후 말라 간다
사랑은 일출의 덧셈 활시위를 당기고

가을볕 눈부시게 마당에 쏟아지고
헛간에 노동의 힘 사르르 말라 간다
환희는 정오의 시계 원점 아래 맴돌고

아쉬운 미련 앞에 짠함이 보태지고
가슴을 여미는 일 눈물도 말라 간다
행복은 일몰의 뺄셈 풍선 하나 날리고.

제21시집

익숙한 들뜸에서
설레임은 일어난다

새해 다짐
소방충혼탑에서
온유
삶 47
사랑이 머무는 곳

새해 다짐

폭포가 분수가 되고 분수가 폭포가 되는
그런 일 일어나듯 개벽의 실천으로
소중한 소방의 기획 옳은 소통 해보자

산맥이 평야 되고 평야가 산맥 되는
그런 일 일어나듯 벽해의 염원으로
유구한 소방의 제도 소중하게 가꾸자

유구한 소방역사 펼치는 순간마다
위대한 사람 살림 거룩한 보람으로
빛나는 소방의 홍보 정의롭게 알리자

숨 가쁜 하루 25시 심심이 힘들어도
우리는 우리에게 희망을 기대하며
숭고한 소방정신을 무궁무진 빛내자.

소방충혼탑에서

한 결로 소방사랑 그 마음 간직하신
임들의 거룩하신 그리운 모습 앞에
두 손을 경건히 모아 올립니다. 기도를

항심의 소방사랑 그 마음 아로새긴
임들의 희생정신 그리운 모습 앞에
온 마음 한데 모아서 드립니다. 기도를

영롱한 해와 달이 임들을 보호하고
더 값진 삶을 사신 고결한 그 정신은
온 누리 훤하게 밝혀 빛납니다. 영원히

오로지 천지신명 명세로 보호하사
청사에 아로새겨 이어져 이어져서
억겁을 영생하소서 빛납니다. 영원히.

온유 溫柔

운무가 산골짜기 고였다 사라질 때
모자란 마음 한 곳 기도로 채우면서
보내온 지난날들을 감사하며 삽니다

초승달 하현달이 보름달 되기까지
부족한 마음 한 곳 기도로 채우면서
주어진 오늘 하루를 기적으로 삽니다

별빛이 내려와서 반딧불 동무할 때
허전한 마음 한 곳 기도로 드러내며
소통한 이 한때처럼 지혜롭게 삽니다

저녁놀 타는 하늘 그리움 도져 오면
욕망의 마음 한 곳 기도로 드러내며
배려를 먼저 하면서 슬기롭게 삽니다.

삶 47

삶이란 고뇌 노동 다 함께 길 걷는 일
힘 겨워 스러지고 넘어져 고달파도
오로지 행복의 길은 마음먹기 달렸다

인생은 남기려도 남길 수 없는 일로
사는 일 그 외에는 정말로 아닌데도
사람들 이전투구로 아성 쌓기 바쁘다

오늘의 하루해가 짧다고 여겨질 때
우주가 존재함을 즐겨라 하나 같이
지성이 곤줄박이로 박히는 게 보인다

즐기는 단순함에 시간이 곤궁해도
순리를 따라가며 말 행동 근신하면
보람은 사람들 사이 돌아오니 힘내요.

사랑이 머무는 곳

나른한 봄날 한때 찔레순 꺾어 물고
따뜻한 봄볕 아래 못 떠난 부끄러움
머무는 사랑 한점은 주절댄다 아직도

바람이 불어와서 햇볕은 소멸하고
떠나기 안타까워 머무는 겨울 자락
아직도 사랑 끝머리 토닥이며 어룽대

풀잎이 누운 자리 햇살은 도망가고
마음의 곤궁 시간 둔치에 갇혀 있다
눈 아래 사랑은 피어 꽃잎처럼 방긋해

나뭇잎 팔랑이는 허공을 바라보면
어깨에 멍에처럼 고뇌를 지게 된다
저 멀리 사랑의 의지 솟아오른 분수대.

제22시집

참살이

섬 바위
꽃보다
나팔꽃밭에서
하구
소방유도등

섬 바위

섬 바위의
바람은 늘 십중팔구
내 늑골로 불어왔다
바람을 잠시 잊은 날은
아주 슬프거나 기쁜 날에
내 울음 혹은 웃음이
생활의 커트라인을
선뜻 넘지 못하고
해안선처럼 깔깔거리며
거대한 폴리스라인을 친다
섬 바위는 감옥이 되었다
아침 저녁노을은
그 한계를 넘지 못하고.

꽃보다

꽃보다 더 고운 신록 위로
꿩 한 마리 날았다

내 마음의 창은
바람맞이를 하다가
비 오는 날 수채화로 걸려 있다

내 마음의 풍경은
일곱 빛 무지개를 그리다가
비 그친 날 하프 소리를 듣고 있다

꽃보다 더 예쁜 신록 위로
꿩 한 마리 날았다.

나팔꽃밭에서

바람이 불어오면 모두 다 받아주는
울타리 가장자리 뚜우 핀 그대들이
유난히 사랑스러워 내 발길을 멈춘다

신성한 송이마다 얼비친 사유의 뜰
햇빛은 외출하고 빗소리 감아 돌면
갑자기 울컥한 마음 나 그대를 그린다

심술을 부린 시간 울타리 가르치면
떨리며 피는 저 꽃 자유를 갈망하고
추억은 지근거리에 내 눈시울 붉힌다

사람들 사는 곳에 조르르 피고 지는
저 꽃을 지켜보면 마음은 예전대로
못 잊어 달려가고파 내 가슴이 시리다.

하구

태초에 전능하게 부서진 바위들도
돌멩이 작은 모래 더러는 진흙으로
흩어져 역류로 가는 내 가슴의 우수憂愁여

태초의 울음 싣고 떠나 온 물살 소리
여울진 소용돌이 부딪힌 화음으로
고뇌가 모이고 쌓여 내 마음의 손풍금

억새와 갈대들이 어울려 사는 땅끝
이별의 조각들이 겹치는 물결무늬
파도가 부셔서 모인 내 눈길 끝 삼각주.

* 하구河口 : 강물이 바다로 흘러 들어가는 강 어귀.

소방유도등

가슴이 답답할 때 마음의 한곳쯤은
여유로 쉼표 찍고 유도등 달아봐요
혹여나 아실런지요 위급상황 탈출구

머리가 복잡할 때 머릿속 한곳쯤은
잠깐만 눈을 감고 유도등 달아봐요
어쩌나 알 수 없지요 위급상황 대피구

손발이 저려올 때 손 발등 한곳쯤은
거닐다 쉬엄쉬엄 유도등 바라봐요
아마도 맞을 거예요 위급상황 안전선.

* 소방유도등消防誘導燈 : 비상구의 위치를 알려주는 공공시설(건물, 항공기, 선박, 철도역사, 지하도 등)

　의 실치된 장치를 말한다.

제23시집

꽃비 내리던 날

포도밭

누군가 다녀가신 캠 벨리 포도밭에
오늘 밤 내린 달빛 지은죄 사면인가
목 빼어 간구하는 일 침묵하는 경건함

포도알 타래 송이 맺힌 땀 반짝이고
대서大暑의 절기 아래 쉼 없이 머무는 날
태양은 직립보행을 강렬하게 서둔다

포도에 매미나방 방제는 판정 참패
해마다 정성으로 가꾸는 그 농심도
머잖아 사라질 위기 방황하는 갈림길.

* 대서大暑 : 24절기 중 열두 번째에 해당하는 절기. 소서小暑와 입추立秋 사이에 든다.

수선화

정말로 미안하다 말 못 해 등을 돌린
그날의 아픈 기억 아직도 못 지운 채
내 마음 머문 정원에 피고 지는 수선화

살면서 질머 진 짐 그 짐이 버거워서
겨우내 인내하며 숨죽여 지낸 여정
내 마음 아픈 상처에 피고 지는 수선화

잘 가라 잘 가거라 인사도 끝나기 전
만남과 헤어짐이 일순에 엉킨 순간
내 마음 닿는 길섶에 피고 지는 수선화.

조릿대

조릿대 서걱이는 뒷산에 올라가면
복조리 만들어서 기쁨을 쌓아 올린
그 시절 아득한 추억 낙엽처럼 흩어져

이 땅에 태어나서 기아에 시름 해온
선조의 소일거리 역사에 사라지고
지금은 아련한 추억 기억조차 흔들려

때로는 밥이 되고 복이 된 지난 한때
지칠 줄 모르게도 햇순을 잘라다가
쪼개고 엮어서 만든 내 마음의 풍경화.

꽃비 내리던 날

꽃비 내리던 날

화르르 꽃잎 떨군 바람의 품 안에서
눈뜬 벌 붕붕거려 어깃장 놓고 가는
그 순간 경이론 풍경 내 두 눈이 확 밝아

파르르 나는 꽃잎 흩날린 가지마다
사월의 벚꽃놀이 꽃비로 휘날릴 때
그 절정 알싸한 시간 영점으로 돌아가

사르르 날린 꽃잎 꿀벌을 따라 해 본
혀끝의 쓴맛 단맛 내 미각 도졌지만
그 벅찬 황홀한 가슴 지금까지 유효해.

내 마음의 영성

시의 방 살아온 지 삼십 년 지나도록
한 번도 그 문지방 제대로 못 넘어와
내갈길 아직도 멀어 고민하는 내 모습

하늘에 해와 달 별 물속에 생명체들
공중에 나는 새들 무한히 동경한 일
내 가치 자존 효능감 순응하는 내 관습

아내의 오카리나 음향이 퍼져오는
농장의 가장자리 갓길을 걷다 보면
내 마음 행복에 젖어 감사하는 내 일상.

제24시집

아모르파티

사월에

들꽃, 사람 꽃

벚꽃마을 우체통

풀꽃

밤 빗소리에 대한 소고

사월에

사월에 터져 나온
새싹을 바라보면
내 몸이 가렵다
내 온몸이 까칠해 진다

사월의 비바람에
봄꽃 잎이 떨어져서
내 몸이 아프다
내 온몸이 신열의 불덩이다

사월 불면의 밤
건곤乾坤에 뒤척거려
내 몸이 무겁다
내 온몸이 천근의 납덩이다.

* 건곤乾坤 : 하늘과 땅을 아울러 이르는 말로, 곧 천지天地·세계世界와 같은 말이다.

들꽃, 사람 꽃

들길 걸으면
고개 숙인 꽃들
고개 처든 꽃들
고개 돌린 꽃들
어쩌다 상한 꽃들
이 모두가
예쁜 들꽃입니다

사람들 만나면
고개 숙인 사람들
고개 처든 사람들
고개 돌린 사람들
어쩌다 아픈 사람들
이 모두가
예쁜 사람 꽃입니다.

벚꽃마을 우체통

벚꽃이 만발한 날
벚꽃 군 벚꽃 면 벚꽃 리에
소재한
벚꽃 우체국을 찾아갔다

벚꽃이 만화방창萬化方暢인데
봄바람 불어
파르르 화르르 사르르
온 천지간에 벚꽃이 휘날릴 때
바람결 따라 벚꽃마을 우체통에
벚꽃잎이 수없이 휩쓸려 왔다

하루에 오전 오후 두 번
우체통을 여는
집배원의 손길에
눈[雪]처럼 온통 벚꽃 잎이 쌓였다

벚꽃잎이 우편물인지
우편물이 벚꽃잎인지
영 구분 안 되는
벚꽃마을 우체통이다.

풀꽃

한 번도 풀이라고
푸념하지 않았고
한 번도 풀꽃이라고
뽐내지 않았어요

이 세상 사람들은
한눈에 확 들어오는
화려한 꽃,
그런 꽃들을
무척 좋아합니다

눈길 한 번 주지 않아도 좋아요
그냥 그냥 지나쳐도 좋아요
그러나 제발
함부로 밟지는 말아주세요.

밤 빗소리에 대한 소고小考

밤 빗소리에 깨어나 보니
어제저녁 무렵 성급히 보낸
친구 얼굴이 새삼 떠오르고
시간을 안으로 포박해온 일들이
내 가슴에 서럽도록 아려
눈물로 뚝뚝 떨어져서
쓰러진 빈 물병처럼
우우우 곁눈질하고 있다

밤 빗소리의 엄청난 무게 앞에
나는 한동안 몽땅 갇히고 있다
사람이 그립다는 건 이미 절반은
알아 온 일이지만 오늘따라
밤 빗소리에 나 홀로 갇히고 있다

그대는 살다가 밤 빗소리에
울분으로 가슴 친 일 있어 보았는가
그대 살다가 밤 빗소리에
분노 삭인 희열을 느껴보았는가
사는 일 마음 쓰기에 달렸다는 건
내 마음을 긍정으로 바꾼 이후의 일이다

그대 맨발로 걸어도 참 좋을
그대 맨손으로 잡아도 참 좋을
저 밤 빗소리가 부정의 담벼락을 허물고
저 밤 빗소리가 긍정의 탑을 쌓고 있다

그대 밤 빗소리가 요란할 때
진실로 그대 마음 정말로 어떠하셨는가.

제25시집

시 시조 동시 한마당

가을바람

평화 자비

아, 국내성

뜻밖에

흰 눈

가을바람

평소 지녀온 마음 닫고
장롱 안 이 옷 저 옷 눈에 잘 띄는
옷들을 골라 입어 보았다

가을바람이 참 이상하다고
안절부절 하는 걸로 보아 필시
바람이 나도 정말 단단히 났는가 보다
아무래도 영영 알 수 없는 일이라고
가을바람이 소슬 불며 부추기고 있다

지루한 장마에 잘 버텨왔듯이
마음 닫으면 금방 보이는 현상이
서릿발 솟아 일어난 얼음처럼 차갑다

치아가 솟아 어금니가 시려 와
지금끼지 씨온 민간요법을 오늘따라
채근담 말씀으로 소상히 번역해 보았다

'예방이 가장 우선'이라 일러 준
가을바람이 의미 있게 나를 타이르고 있다.

평화 자비

걸어 온 길 바라보니
참 많이도 걸어왔다
눈 들고 고개 돌려
비상구를 바라보니
조금 더 훤해진 밝은 길이 보인다

이제는 지난 계절의 지루한 장마도
떨어져 구르는 낙엽처럼 허무하다

그립다는 말보다 온유한 평화 자비가
내 상처를 치료하라며 어깨를 토닥인다

늦은 밤 무서리에 흔들리는 별빛이
한낮 온기에 증발해 버린 이슬이
아주 내 가까이에서 모닥불처럼
토닥토닥 타들어 가고 있다
서로 얼굴 부비며 타 들어가고 있다.

아, 국내성 國內城

저 멀리 참 그리운 역사의 햇살 아래
말 없는 국내성은 가슴속 울림으로
아직도 참 용맹스런 정신으로 남았다

저 멀리 고즈넉한 제방의 뚝이 되고
영화론 기록역사 사료를 고증하고
가슴속 더 뜨거워진 민족애로 남았다

저렇게 성벽 외곽 뚜렷이 남아 있어
선열의 숨결 소리 들리는 쇠북 소리
예수도 우리 역사에 선명하게 남았다.

뜻밖에

서리꽃 활짝 핀 날 정갈한 소식들이
발길로 자박자박 바람의 등을 타고
뜻밖에 까치 소리가 반기듯이 맞이해

한 철을 비운 집에 낙엽은 삭아있고
장독 뒤 조릿대 잎 아직도 파릇한데
뜻밖에 도랑물 소리 청량하게 들려 와

결론의 모두 발언 순백의 초목이여
산하의 고운 정경 고와서 걸음 멈춰
뜻밖에 글썽인 눈물 소리 없이 흘린다.

흰 눈

흰 눈이 내리는 날
온천지가
이부자리처럼 포근해요

강아지가
이리 뛰고
저리 뛰다가
흰 눈에 뒹굴고 있어요

아마 강아지도
온천지가
나처럼
이부자리로 보였나 봐요.

제26시집

시의 시그널을 스캔하다

원형 커피잔

상강 단상

섬은 외로움을 모른다

섬은 고요하다

시의 시그널을 스캔하다

원형圓形 커피잔

원형 커피잔에
팔 할쯤 채워진 커피가
침묵으로
고요를 재우고 있다

내 시선이 여러 번 닿는 동안
아직 덜 식은 커피가 미동하며
그 만의 수채화를 그리고 있다

한 참 두들긴 자판의 활자기
커피잔 안으로 빠지고 있다

무수해 용해 시켜도
늘어만 가는 자판 활자가
언어의 공해로 소멸하고 있다

원형 커피잔에
이 할쯤 남은 커피가
비움으로
고요를 깨고 있다.

상강 단상 霜降斷想

고추 호박잎이 폭삭 삶겼다
바람 불고 햇볕 닿으면
저들은 추적추적 마르고 있다

여름 내내 푸른 정기로 매달린 채
삶의 연가를 노래한 나뭇잎들도
이 상강에 추적추적 떨어져 삭아 간다

조각구름 둥둥 떠가면 운무에
목소리 잠긴 하늘은 서릿발 내려
농부들은 가을걷이로 온 힘을 다 보탠다

오색단풍에 탈탈 털린 하늘은
가을을 갈무리하는 긴장에 빠져
잠들지 못한 채 밤을 보낸다

깊어가는 가을밤의 쓸쓸한 이 한때
하양 쑥부쟁이꽃 수없이 피어 있어
일렁이는 내 마음 잡았다 못 놓아진다.

섬은 외로움을 모른다

섬은 고독을 모른다

바다로 태어나 최초로
섬을 만났으니
섬을 사랑하고 의지할 수밖에
아침 노을의 장엄한 축제여
저녁 노을의 활홀한 극치여

한동안 바다가 보이는 마을에 머물며
바닷가에 기어다니는 게의 습성을 익혀가고
밀려왔다 밀려가는 인력의 원리는
내 깊은 사색의 시간 그 속내였다

저렇게 뿌리 단단히 내리고
섬 바위에 붙어 있는
굴 기북손 따개비 홍합 바위를 내려다본다
소금기 있는 바닷물을 내 눈물로 헹궈 본다

수평선에 걸려있는 고요가
정말 외로운 고독을 느낄 때

섬은 바다에 떠 부표로 남아있다

섬은 고독을 모른다.

섬은 고요하다

외로움이 모여 사는
바닷가에
모래알이 외롭다고
조약돌이 외롭다고
갯바위가 외롭다고
파도가 밀려왔다 쓸려가며
울부짖지만
섬은 고요하다

그리움이 모여 사는
바닷가에
햇빛이 그립다고
바람이 그립다고
갈매기가 그립다고
파도가 밀려왔다 쓸려가며
울부짖지만
섬은 고요하다

서러움이 모여 사는
바닷가에는
사랑이 서럽다고

이별이 서럽다고
추억이 서럽다고

파도가 밀려왔다 쓸려가며
울부짖지만
섬은 고요하다.

시의 시그널을 스캔하다

고독의 성벽 아래 신앙이 순교하고
공허한 디지털도 메타로 돌아왔다
그대여 용기로 쓴 시 큰 소리로 읊으라

은유의 유체 이탈 믿음이 빠져나와
시류에 표류하다 부표로 떠다닌다
그대여 진실로 쓴 시 시그널을 보아라

살다가 얻은 상처 흔적은 치유 못 해
아직도 잔해처럼 기억이 도져왔다
그대여 포용의 그 시 스캔하여 보내라.

제27시집

한정찬의 시 이야기

불 꿈

섬의 문을 열며

해풍을 등지며

산책을 마치며

시의 미학을 열며

불 꿈

내 젊음의 꿈은 늘 열려있었지만
내 노년의 꿈은 소박한 현실이다

내 젊음의 행동은 나 중심이었지만
내 노년의 행동은 작은 마중물이다

내 젊음의 사랑은 열정이 다였지만
내 노년의 사랑은 절제의 온유다

내 젊음의 웃음은 얼굴에 나왔지만
내 노년의 웃음은 마음에서 나왔다

내 젊음의 일은 무한한 자신이었지만
내 노년의 일은 관조의 정중동이다

내 젊음의 빛깔은 일곱 빛 무지개였지만
내 노년의 빛깔은 황홀한 저녁노을이다

내 젊음의 아픔은 가슴앓이였지만
내 노년의 아픔은 뼛속 시림이다

내 젊음의 걱정은 현실의 고민이었지만
내 노년의 걱정은 잔잔한 조바심이다.

섬의 문을 열며

　섬들은 외롭지 않다. 곶감 줄에 달린 곶감처럼 늘 외롭지 않다. 섬에서 사는 사람은 안다. 섬에서 살다 온 사람들은 잘 안다. 섬들은 결코 외로운 존재가 아니다.

　홀로 있어도 흩어져 있어도 섬은 섬이기 때문이다. 섬에 홀라당 마음을 주고 섬을 그리워하다 짠한 마음 가져 본 사람들은 늘 마음에 그리움으로 남는다.

　사람들은 저마다 다 한 개쯤 섬을 가지고 있다. 사람들이 가까이 혹은 멀리 있어도 마음 안에 섬을 한 개쯤 가지고 있다. 따라서 섬 가꾸기 하다가 섬이 너무 커지면 더 이상 커지지 않게 너무 작으면 더 작아지지 않게 부단히 노력한다.

　아름다운 섬은 섬들은 멀리 있어도
　다 그리운 삶의 터전이 되고
　서렘으로 마음 들뜨게 하는 향기가 된다는 것을

　섬은 섬들은 거리를 유지하는 것이 아니라 나와 너 그리고 우리들이 공유하는 지혜로 삶의 혼불이되기 위해 존재한다는 것을 날마다 기도하는 자세로 저마다 가꾸고 있는 섬 섬들을 위로하다보면 어느새 해와달, 별과 바람으로 사랑이 된다는 것을.

해풍을 등지며

　바닷가 어촌에서 해풍이 분다는 건 늘 있어 온 일이지만 그 강도强度에 따라 어촌마을 사람들에게는 생사生死가 갈리는 심각한 문제가 될 수 있다. 해풍의 강도는 늘 달라질 수 있어 예측하기란 거의 불가능할 때도 있다. 따라서 어촌에서는 기기 계측 발달한 이전부터 그에 방비 대책을 잘 전수해온 것도 참 많다. 그래서 바닷가에 사는 사람들은 해풍을 이겨내는 강인한 삶의 방식을 저마다 터득하고 있기 마련이다.

　해풍이 갈대밭을 휩쓸고 지나갔다
　섬 언덕 억새꽃이 한세월 한탄한다
　아우성 지르다가 먼저 가는 저 해풍

　바닷가 언덕 위에 산바람 내려왔다
　섬 바위 기슭에서 해당화 확 피었다
　놀랍게 파도보다도 먼저 가는 저 해풍

　오방기 펄럭이고 뱃길도 불안히디
　먹구름 몰려오는 성급한 아침이다
　오늘도 별일 없기를 기도하는 어부들.

산책을 마치며

　다음을 기약하며 바닷가 산책을 마친다는 것은 희망이 있는 기회라서 참 좋다. 살다가 마음이 뜻대로 안 풀리는 날이 겹겹이 쌓여 있을 때 가끔 꺼내어 에너지 보탰다가 그래도 삶이 버거우면 언제든지 바닷가에 단숨에 달려와 산책하면 일의 몰입에 참 좋은 것. 바다는 늘 깨어 있는 것을 새삼 보고 느낄 수 있기 때문이다. 주저리주저리 가슴 아픈 많은 전설이 서려 있는 바닷가는 삶의 활력을 주는 무한한 힘을 주는 에너지가 충전되는 곳이기 때문이다. 살면서 힘의 에너지를 축적해 운동에너지로 참 중요하다. 혹여 에너지의 균형이 깨어질 때 바닷가로 와 산책해 보라. 어느새 그대에게 역동적인 삶의 에너지가 충만되고 있음을 알게 되리다.

　눈 들어 바라보면 파도가 널브러진
　조약돌 달각거려 내 두 귀 기우리면
　먼저 온 하얀 파도는 부서져서 사라져

　한없이 얻어맞고 손사래 한번 없어
　부서져 내려앉아 상채가 거칠어도
　섬 바위 끄덕도 않고 제자리에 서 있다

　살면서 부대낄 일 얼마나 많았었나
　바닷가 걷고 걸어 내 마음 다스리면
　어느새 찾아온 평화 안도하는 삶이다.

시의 미학을 열며

꽃 피고 나비 벌이 분주한 이 봄날에
꽃구경 나들이를 다니다 바라보면
어느새 만화 방창한 봄기운을 느낀다

비바람 몰아치는 신록의 한 가운데
땀으로 흠뻑 젖게 힘겹게 하는 노동
어느새 녹음 우거진 여름 기운 확 돌아

드높은 가을 날씨 참 짧은 하루 동안
몸과 맘 상쾌하게 도타운 햇살 일고
어느새 짧아진 햇빛 낙엽처럼 물들어

눈보라 휘몰리는 혹독한 봉창 아래
뼛속에 파고드는 고통의 시린 여운
어느새 봄날 기다려 입춘대길 써본다.

제28시집

한정찬의 1분 묵상 문학

그림

인생

강산

라일락

일진

그림

마음이 심란해서 가만히 못 있을 때
한동안 내 눈가는 길섶을 바라보면
아직도 내 마음 안에 정물화를 바라 봐

사는 일 명암으로 변화를 맞이하고
아직도 사금파리 빛나는 섬광으로
명멸이 이어져 오는 오만 가닥 점선들

다소 곳 자리 잡는 놀라운 구도처럼
유수 한 세월 앞에 겸허히 수용하고
놀라운 지극정성을 분명하게 보여줘.

인생

한 갑 자 걷다 보니 온 길이 가물가물
한 갑 자 살다 보니 사는 일 두리두리
인생은 변화무쌍한 일기日氣 같은 그 찰나

우연히 만난 사람 필연의 지기 되고
필연에 맺은 사람 때로는 헤어지니
인생은 알 수도 없는 혼돈混沌 같은 그 상황

저마다 하는 일이 제각각 다 달라도
저마다 달란트로 문제를 조율하니
인생은 경이론 증거 소통 같은 그 믿음.

강산

강물은 배가 시려 아래로 내려가고
산맥은 등이 차서 하늘을 이고 있다
우리가 사는 세상은 희로애락 분기점

강물은 온유하게 말없이 흘러가고
산맥은 강인하게 땅으로 남아 있다
우리가 걷는 세상은 생로병사 비등점

강물은 어머니의 젖줄로 이어지고
산맥은 아버지의 등살로 솟아 있다
우리가 보는 세상은 경건정숙敬虔靜淑 시발점.

라일락

소금을 뿌린 듯이 곱게 핀 정갈함에
탐욕을 부리다가 겸허를 맞이한다
첫사랑
아픔이 고여
잊지 못할 그리움

성자도 주저하는 아픔의 사치 앞에
서둘다 눈물 흘린 슬픔의 언어 본다
첫사랑
추억을 담아
흔들리는 외로움.

일진 日辰

아픔이 결이 되면 속도가 빨라지고
슬픔이 쌓여가면 경사가 가파르다
살면서 고뇌에 깊은 마음가짐 다져 봐

늙음이 담대하면 후회가 멀어지고
생활이 팍팍하면 미련이 다가 온다
여유로 한 발짝 다가 경건하게 살아 봐

어제의 즐거움이 오늘도 올 거라고
평소에 맘먹어도 그럴 일 기약 없다
오늘이 최상의 기쁨 유지하며 보내 봐.

2002년

정훈교육 기본교재

(의무소방원 교육용)

행정자치부·중앙소방학교

뻔할 뻔 자의 진리

상경하애

화재현장 구조출동 1

교통사고현장 구조출동 1

해태

뻔할 뻔 자의 진리

유목민도 아닌
현대의 아스팔트 위에서
파출소생활을 처음하다보면
불안은 산같이 쌓이고
긴장은 물줄기처럼 일어선다

빨간 소방차에
출동이라는
수직의
생활에 익숙하지 못한 채
지구보다 무거운 자짐을 지고 서 있는 나는
병아리 소방관이다

이 무게의 질량을 무시하면
마음도 한 개 무공이 되는
뻔할 뻔 자의
진리
어떻게 그 질량을 무시하랴

출동대기
긴장의 연속에서

어떻게 그 질량을 무시하랴

마음만 성급해 오는 나는
병아리 소방관이다.

상경하애 上敬下愛

한 지붕
한솥밥
한 침실 안에서
함께 살아가고 있는
우리가 아닙니까

스스로 아니면
남들이 만들어 놓은
우리들의 보금자리

그러나,
우리가 맡아야 할 근본의 일은
화재의 예방진압,
인명구조 구급 이송이기에
우리는 스스로 하나가 되어야지요

혹여 실수나 허물 될 일 있다 해도
서로 묻어 두고 다독이며
받들어주고 배려하는
상경하애가
우리들의 신조가 되어야지요

물의 응집력처럼

우리는 하나가 되어

우리 스스로 지켜가야지요.

화재현장 구조출동 1

한밤중인지라 화재인지가 늦고
초동 조치가 아주 미흡하기만 했던
○○ 여인숙 이 층 짜리 건물의 화재 현장

이미 1층은 불길이 완전히 휩싸였고
2층도 연기가 자욱해 앞이 도저히 분간되지 않았다
1층 진화 동시에 2층 인명 검색하는 동안에
"아이고, 안에 사람 있어요. 사람 살려 주세요.
 아이고, 사람 다타 죽어요. 사람 좀 구해 주세요.
 빨리 구해 주세요. 사람 다 타 죽어요."

타는 불길 속에 자욱한 연기보다 한 박자 더 빠른
넋이나 간 한 여인의 이성 잃은 절규의 목소리가
소방대원들의 귀 고막을 북 치듯 마구 두들겨 놓아
불길 잡고 검색 후 인명피해 없다 알렸더니
그 여인 어디론가 번개같이 기적소리같이 여운만 두고
어둠 속으로 사라지고 말았다

화기에 결빙점 잃은 물방울들이
새벽 두 시의 밤기운에 곡예라도 하듯이
헬멧과 어깨 위에 뚝뚝 떨어지고
다시 떨어져 흘러내려 방수화를 얼리고 있었다

한 뼘 눈앞에 영하의 시린 겨울 날씨가
을씨년스런 바람과 아우러져 적막한 기류를 흔들며
차가운 눈보라를 일게 하고 있었다

철수 준비하는 소방대원들의
옹골찬 눈빛과 시린 손끝에서
또다시 예고 없이 다가올 출동 준비
야무진 분주함이 한 자루 촛불처럼
유난히도 경건하게 빛나고 있었다.

* 1996. 12. 17. 02:01/ 충남 아산시 온천동 76-1. ○○여인숙 화재, 인명피해 없이 진화됨.

교통사고현장 구조출동 1

무슨 일이 그리도 많아 뭐가 그리도 급해
말고 밝은 대명천지 밝은 대낮을 어디다 걸어 두고
동트는 새벽녘에
이렇게 되어서는 절대 안 될 일
이 엄청난 사고를 냈나

구조대원들이 현장에 도착했을 때
전봇대는 부러져 휘청거리고
길 아래 농수로 흙탕물 진흙 뻘에
휴지 조각처럼 구겨진 승용차가 처박혀 있고

어디선가 어둠 속으로 흙탕물에 뒤범벅된 채
난 뒹굴어 있는 시신과
살려 달라고 아우성치는 절규의 희미한 목소리가
여기저기 새벽 공기를 흔들어 역류시키고 있었다

구조구급대원들의 바쁜 손놀림이 시작되고
마지막으로 구겨진 승용차를 절단해 들어 올릴 때
죽은 사랑 죽더라도 산 사람도 살아있는 목숨이 아닌
풀죽은 목숨 목숨들
'아서라,

이 사람아 과속이나 하지 말지.
초과 인원 승차하지 말지.'
되돌릴 수 없는 이 처참한 현장

이승 저승 문턱을 오고 가는
그대들의 영혼 앞에 내가 할 수 있는 일은
"하느님, 이 불쌍한 영혼 들에 편안한 안식을 주소서."
해 보는 간절한 기도밖에 없었다.

*1996. 11. 17. 06:02/ 아산시 배방면 장재리 세교휴게소 앞 교통사고. 신00씨 외 3명 중상, 문

　○○씨 외2명 사망. 그들의 나이는 22세에서 25세로 승용차에 7명이 승차하고 있었음.

해태 海苔

높은 하는
넓은 바다만큼이나
파랗게 멍이 든
세월을
물레의 긴 한숨에 감아두고
너는 신통한 재주를
미리 헤아리고 있는가

화재를 쫓아내었다는 전설의
신神,
너는 소방의 상像으로 살아 있다

너의 영험을 믿는다
태고로부터 내려온
전설의 신이여

억년을 하루같이
소방을 지켜온
전설의 수호신 해태여.

2003년

정훈교재 및
생활지도 지침(의무소방원 소방실무교육과정)
중앙소방학교

119구조대원의 노래

119구급대원의 노래

김 소방사

119화재진압대원의 노래

사랑의 숨결

119구조대원救助隊員의 노래

시공을 초월한 삶을 살더라도 이 세상 누군가를 위해 자기 자신을 어쩌지 못하는 사람들을 구조하기 위해 나 이곳에 와 충만 된 기쁨으로 이런 비지땀을 흘립니다. 시공을 초월한 어려운 삶을 살기 위해 나 이곳에 와서 이런 삶을 살며 오늘 하루에도 이승과 저승의 갈림길에서 헤매는 여러 명의 목숨을 구하고 한두 갑담배에 심신의 고단함과 피곤함을 말끔히 살라 버리고 나 이렇게 싱겁게 멋쩍은 웃음을 진정으로 아주 멋지게 보람으로 선사합니다.

이 세상 가장 아름다운 사랑은 항상 아주 소중한 생명 보호, 지구보다 더 소중하고 더 무거운 사람의 목숨을 구하기 위해 갑자기 당한 저 불의의 처참한 재난 현장에서 아주 위험한 요소를 헤집고 오로지 구조를 필요로 하는 자의 목숨을 건져내는 일. 소방서 119구조대원이 아니면 그 누가 제 한 몸 저렇게 산화해 가며 아주 철저한 자기희생으로 주어진 임무를 수행할까.

폭풍우가 몰아치고 눈보라가 휘몰아치는 칠흑같이 어두운 날 한밤의 저수지 익수사고 현장에서 영하의 시린 날씨가 지속되는 빙판길을 마치 곡예라도 하듯 수많은 사고 현장에 재빨리 달려가 소중한 목숨을 구조하는 일. 해와 달 그리고 별들은 알리라.

소방서 119구조대원들의 진정한 희생 봉사 정신이 사랑의 숭고한 봉사 정신으로 승화한 아름다운 모습처럼. 아주 환한 불 밝힌 사랑의 빛으로 이 세상 맑은 영혼 일깨우는 진정 아름다운 모습으로 유난히 반짝이는 저 의연하고 신뢰의 소방서 119구조대원들은 진정 신뢰의 구원자요 봉사자다.

살다 살다가 어쩌다 위급한 일 닥치면 언제든지 달려가는 소방서 119구조대원들은, 우리들 가는 길에 항상 표효豹虎같은 용맹의 보살 핌 늘 있어.

119구급대원救急隊員의 노래

 온 누리 사랑의 천사처럼 언제 어느 곳에서나 전국을 누비고 있는 소방서 119구급대원 우리들은. 오늘 하루에도 여러 번 불의의 사고를 당해 아픔의 고통에서 헤매는 처절한 절규가 떠도는 현장에서 혹은 각종 질병의 고통에서 고난에 처한 위급한 환자들의 징후를 파악하고 돌보며 후송하는 일은 진정한 자기희생이 없으면 도저히 불가능한 일. 나 지금 이곳에서 시간에 구속된 몸이 되었지만 하는 일에 명예를 걸고 보람과 영광으로 하루 24시를 때로는 25시로 알고 살아가며 피로에 누적된 근무시간은 보람의 터전에 핀 한 송이 붉은 장미처럼 늘 희망과 기쁨 안고 오늘도 즐겁게 기꺼이 살아갑니다.

 소방서 119구급대원의 사랑의 손길이 닿는 곳에 심한 고통이 감금된 혈맥이 따뜻하게 이어지고 한참 동안을 절규하다 무너져 내리는 담벼락 같은 절망도 어느 때에는 환희의 웃음으로 피어납니다. 환자를 찾아 번개같이 달려가는 성급한 내 마음, 응급환자 처치하는 나의 즐거운 본연의 모습, 환자 신고 안전하게 병원 응급실로 달려가는 나는 사랑의 전도사 낮에는 해와 친구가 되고 밤에는 달과 별이 친구가 됩니다. 소방서 119구급대원으로 하는 일 너무 버거워 힘들어질 때도 내 한 몸 기꺼이 이 세상에 나를 정말 필요로 하는 사람들 옆으로 달려가 그대들의 손이 되고 발이 되고 친구가 됨은 아름다운 이 세상 만들어 가는 일.

 소방서 119구급대원들의 보람이 보름달보다도 더 크게 국민들 가슴에 가장자리로 남아 희망으로 커 갈 때는 우리에게 남은 건 오로지 환희만이 있을 뿐이다. 소방서 119구급대원들은 노래 부른다. 늘 긴박한 출동대기 연속의 시간에도 봉사의 거룩한 사명 의식을 오로지 지키며, 사계를 초월한 원기가 생명이 있는 사람들의 혈맥을 따라 흐르고 있어 우리가 가는 길에 항상 수호천사守護天使가 함께하리라 굳게 믿어.

김 소방사消防士

소방서 119구조대원 김 소방사는 사고 현장에서 늘 집 간장보다 더 짜기만 한 긴장을 마신다. 시시때때로 시간에 목숨 넘어가듯 연거푸 지령하는 출동벨 소리에 수없이 출동하는 구조작업을 할 때마다 거울처럼 마주하는 건 고통스러워 울부짖는 환자들이지만 애타는 건 늘 시간 위를 가로지르는 맥박의 숨찬 숨결이다. 간혹 오가지도 못하고 오로지 구조의 손길에만 의지하면서도 늑장 부리고 늦게 구조한다고 마음 밑바닥에 깔린 저주스런 성깔의 언어를 소나기 퍼붓는 그 야멸찬 사람 제정신이 아닌 거 맞는가 봐 혼잣말로 증발시킨다. 그러나 소방서 119구조대원 김 소방사는 지금도 길섶에 핀 민들레처럼 환하게 웃으며 구조에 진땀 빼는 일에 자신 한 몸 돌보지 않고 왕창 힘 쏟으며 아예 이런 일은 늘 해야 하는 일이라고 기꺼이 곱게 받아들이는 게 본연의 임무라 여기며 심호흡 크게 한 번 하고 부드러운 목소리로 아주 침착하게 구조작업을 하다가 땀에 옷 흠뻑 젖는 줄도 잊은 채 굳은 표정에 가슴 떨리는 전신의 힘을 다해 요구조자를 구조한다.

오가는 사람들이 구경꾼으로 관객이 되어버린 사고 현장에 다친 사람 구조 완료 후 지친 심신을 추스르며 또 다른 출동을 위해 인명 구조 장비를 점검하지만 피 묻은 옷에서 선홍빛 땀방울이 수채화처럼 번지고 있다. 그래도 용기 잃지 않고 이 시대의 표상으로 오로지 할 일을 당연히 해냈다는 김 소방사의 눈가에는 어느새 결의찬 각오가 우수에 젖어 있는 노동의 값진 무한의 대가가 쓴웃음으로 촛불처럼 깜박거린다. 긴장과 갈증이 팽팽히 감겨있는 소방서 119구급대원 김 소방사의 긴박한 마음속에 감긴 시계태엽에는 사계의 사색에서 언덕에 부는 바람처럼 늘 시간을 공유하며 일렁이다 뜀박질하고 있다.

　시간 넘어 들판에 부는 바람이 변화무상한 구름 몇 조각이 어디론지 한가롭게 밀어 가고 있다. 아무런 의미도 모르면서.

　시방+方으로 정말 중요한 것은 소방서 119구조대원 김 소방사에게는 긴장의 고삐를 풀고 갈증의 목마름을 달래는 건 오로지 생사의 갈림길에서 헤매는 구조된 환자의 안녕을 엄숙히 비는 일. 구조된 환자가 고귀한 사랑 안에서 맑은 영혼을 뛰어넘어 침묵을 일깨우는 일 생각밖에는 아무것도 없다. 다만 그 환자들의 영혼을 밝히는 외로운 바닷가 호사한 해조음을 달래는 외로운 가슴안 텅 빈 유일한 우리들의 동내 등대燈臺일 뿐이다.

119 화재진압대원火災鎭壓隊員의 노래

불조심하라고 힘주어 홍보할 때 설마설마하고 방심하다가 막상 화재를 당하고 소방서 119로 신고한 사람들이 스스로 화마를 진압해 보겠다고 시도했다가 감당을 못해 나중에 신고했다가 소방서 119 화재진압대원들에게 되려 소방차 출동이 늑장이라고 목청 돋워 말하는 그 심사를 참 알다가도 모를 일.

119 소방상황실 출동벨 소리에 하던 일 그만 접어 두고 신속히 화재 현장에 출동해 보면 폭염 불덩어리를 내뿜으며 감성의 불기둥으로 이성을 잃은 채 너울대는 저 화마의 근성을 늘 이성의 차가운 물줄기로 제압하는 소방서 119 화재진압대원으로 나 이렇게 한동안 인생의 명예를 걸고 살아갑니다. 때로는 하루에도 여러 번씩 화재 현장을 누비며 한 줄기 시원한 바람에도 감사하는 온유로 있는 힘 다해 화재를 진압하고 목숨도 건졌지만 늘 남는 건 허망한 승리 뒤의 씁쓸한 웃음만 남습니다. 세상 사람들은 대부분 설마설마 방심하다가 화재로 재산 몽땅 잃어버리고 소중한 인명까지 잃거나 다쳐 늘 한恨을 남기는 후회하고 살아가고 있지만 아무런 소용없는 일.

화재는 대부분 예견된 인재라는 게 당연한 기결입니다. 화재 현장은 소스라치는 아비규환의 전쟁터 폐허뿐입니다.

화마와 싸우고 싸워서 이겨야 하는 의무가 있는 119 화재진압대원은 때론 불나방처럼 자기 한 몸을 태우면서 화마와 싸워 꼭 이겨야 하는 우리 들은 오로지 불사조 화신이 되리.

사랑의 숨결

생명의 외경畏敬이 곧
가장 값진 희생이라는 걸
그대들을 기리는 이 순간에도
참 성스러운 숨결인 줄
알게 합니다

화재 구조 구급출동 119
시공을 초월한 절박한 상황에서
촌각寸刻을 다투는 생사의 기로에 선
수많은 건지기 위해
내 한 몸 기꺼이 던져 생명줄 이어 온
그대들 열정의 희열에 핀
저 우주보다 더 귀한 목숨들

내 한 몸 부지하기보다는
우리 모두 국민을 위해 고이 산화한
그대들을 기리는 이 순간에도
참 성스러운 사랑의 숨결
늘 알게 합니다.

2007년

정훈교육 기본교재

의무소방교육(소방실무교육과정)

중앙소방학교

의무소방원가

소방차

소방의 표상

의문

허망한 승리

의무소방원가

시대의 부응에 앞장선 우리
땀 흘린 교육만큼 지켜지는
국민의 생명 재산 나라 안전
아~ 사랑처럼 다가온 보람
우리는 정말 슬기론 의무소방원

시대의 부응에 앞장선 우리
땀 흘린 훈련만큼 지켜지는
국민의 생명 재산 나라 안전
아~ 깃발처럼 나부낀 영광
우리는 정말 의로운 의무소방원.

소방차

하루 25시를
뜬눈으로 잠자기
혹은 두 귀 쫑긋 세우고
오로지 선잠 자기
아직 가슴 속 묻어온
봉당불 같은
망루의 추억 심기
불길이 지나간 자리를
낮은 숨 쉬며
잃어버린 공간 채우기
누군가 부르다 흩어진 노래
추슬러 다시 부르기
그리하여 미더운 이웃
잘 다독거리기
참 좋은 일 하기

소방의 표상表象

심장의 더운 핏빛 닮은
소방차를 운용하는
그대들 믿음의 모습이여청결한 백의민족 닮은
구급차를 운용하는
그대들 구급대원의 모습이여

다이아몬드보다 더 반짝이는
그대들의 희생정신
꽃보다 더 아름답게 빛나는
그대들의 봉사 정신

이 시대의 삶의 향기
이 시대의 영원한 미소
이 모든 것은 새로운 천년 위에
올곧게 세울 숫대로
영원한 소방의 표상이여

쉬 냉정히 돌아설 때면
나는 필시
사연이 아주 많은

이별의 아쉬움처럼
그렇게 웁니다

아, 이 시대의
소방의 표상이여.

의문

그때도 바람은
기류의 흐름에 따라
무심코 이동하고 있을 때였다

목조로 이어진 밀집 상가의
가건물에서
불씨가 일어나
바람을 타고 이리저리
깊숙한 곳으로 파고들어

천지를 모르고
부족했는지
불꽃은 앞질러 가고 있었지만

그때도 바람은
기류의 흐름에 실려
무심코 이동하고 있을 때였다

바람은 다시 거대하게 일어서고
불씨는 또다시
거대한 불기둥이 되고 말았지만

아, 신이여
이런 때를 우연이라고 하는가
필연이라고 하는가

사람들은 이런 때를 제각기 우기리라
우연이 아니면 필연이라고.

허망한 승리

시린 새벽녘
선잠 털고 일어나
고요한 기류를 찢으면서
소방차를 애타게 기다리는
곳으로
차선을 추월해 간다

난전같이 북적대는 인파 속을
밀고 들어가
제각기 맡은 일 다 하다 보면
화재를 진압하는지
화재에 제압당하는지 모르는 사이에
불의 전쟁은 끝나는 것이다
화재와 인간과의 전쟁이 끝나는 것이다

마음을 가디 듭고 돌아보넌
남는 것은 허망한 승리의 완전진화다

그러나,
싸움은 아직 끝나지 않았다
생존은 화재와의 싸움이다
화재와의 사랑이다

가슴 깊숙한 곳에 화재를 간직한
우리들은
우리들은 화재를 경외한다
화재를 사랑한다
마음속의 화재를 다스리면서
마음속의 바람도 잠재우면서.

2010년

의무소방원 정훈교재

소방방재청

영생하는 불사조

불과 나

숭고한 사랑

조건 없는 사랑

야간 선생 12

영생하는 불사조

희생 봉사 정신만이
오로지 소명인 줄 알고
시공을 초월한 불 철 주 야로
주민의 생명 재산 지키다가
산화한 그대여

우리는
그대 지고한 영혼에
지성으로 지평 열고
영원히 불 밝히는
한 자루 경건한 촛불이 되어라

그대 또한
그대 업적 기리는
수호신이 되고 이정표가 되어라

한 개 상스러운 초석처럼
영원히 영생하는
한 마리 불사조가 되어라.

불과 나

어려서 나는 가끔 오줌을 쌌다
아침에 일어난 나는 순전히 어제
아궁이에 불장난해 오줌을 싼 거라고
굳게 믿고 있었다
조금 커서는 논두렁, 밭두렁 태우다가
야산에 옮겨붙어 무덤 몇 개 태워
볏짚 썰어다 뿌리는 것을 보았다
정월 대보름날 쥐불놀이는
아주 신명 나기만 했다

나는 어른이 되어 우연한 기회에
소방관이 되었다
하루에도 여러 번씩 화재 현장에 출동해
수많은 목숨과 재산을 지켰다
지금 와서 가만히 생각해 보면
어린 시절 이불에 얼룩진 자국이
자꾸 잉걸불처럼 아련 거린다
내가 지금 걸어가는 이 길이 바로.

숭고한 사랑

여기 샛별이 고이 빛날 때처럼
임들의 희생정신 빛나고 있나니
그대들 숭고한 사랑
소방의 표상으로 남아
우리들의 가슴마다 펄럭이고 있습니다
오로지 나라 사랑 겨레 사랑 한마음으로
소중한 인명 재산 지키다 산화해 가신
임들의 거룩한 뜻 우러러 따르리이다.

* 소방충혼탑 헌시 : 한정찬 지음. 중앙소방학교 소방충혼탑 내 소재.

조건 없는 사랑

이제 사랑할 일 많아 가슴이 뛰고 있어요
눈 들고 바라보면 이 세상 모두 사랑인걸요

문턱과 창틀s 없는 사랑은 때로는 일방적이지만
늘 바라볼 수 있는 비상구가 있는 풍경입니다

주저하지 마세요. 용기 있게 두 주먹 불끈 쥐고
곧바로 달려가 마음 움직일 수 있는 행동으로 말을 하세요

무리수 없는 부담으로 사랑이 가슴에 전해질 때
참 좋은 세상은 우리 곁으로 바짝 다가오게 됩니다

자, 우리 모두를 위하여 이 세상 머무는 동안 유리수로
늘 조건 없는 사랑을 만들어 가요.

야간 선생 12

어쩌다 한 번쯤 결강하는 날에는
텅 빈 마음의 문을 열고
돌아서서
아픈 가슴을 쥐어짜고
늪으로 빠져드는
하늘 속이다

빈 주전자에
물을 가득 채우듯
주머니 속의 작은 지식을
보람으로 모아 담은
남루만 남아 있다

커다란 햇덩어리만큼이나
밝아오는 백야白夜여
무화과나무에도 열매는 실하다.

2010년

사회복무요원 정훈교재

소방방재청

토지 1

억겁을
거룩한 고전의 영화로움으로
가진 자들의 그 받음이
잃은 자들의 그 참음이
본 것이 있었겠지
들은 것이 있었겠지

고전古傳하는 삶이
티끌 같은 세상 사람들의
생사를 다스려온
일용 양식과 보금자리를
영원한 다스림으로 가슬거린다

아, 이제는 조금 알겠구나
고전 그 영화로운 생사의 그늘
그 아픔과 경건함을.

풀피리

무슨 소리를 낼까
걱정을 마세요
무시로 불어오는
바람 맞이하다가
바람 소리 들으면 됩니다

무슨 모습을 할까
걱정을 마세요
무시로 흔들리는
풀잎 맞이하다가
풀잎 닮아 가면 됩니다

덧칠하지 마세요
바람 소리가
풀피리 소리가
서로 닮지 않으면
이미 풀피리가 아니지요.

별이 웁니다

한 개 별이 웁니다
밤하늘의
별들은
바람이 불어와도
늘 제자리를 지켜가지만
내 가슴에 점박이
별 하나는
작은 미열에도
흐느끼며 웁니다
별이 웁니다
내 가슴의 별이 웁니다.

칠성이네 집

마을을 둘러보면
빈집이 있다

떨어진 감처럼 삭아 가는
허물어진 칠성이네 빈집에
잡초만 무성히 자라고 있다

어느 해
몹시 추웠던
겨울에
먼 도시로 떠난
칠성이네 식구들 모습이
남아
헌 옷가지처럼
바람에 펄럭이고 있다

마당귀 저쪽에는
어릴 때 칠성이
낮잠 자던 모습처럼
버려진 항아리 하나 누워있다.

삶의 단상 Ⅲ

헤어질 때 미련 갖지 말도록
우리 서로 깊게 사귀기 없기
만날 때 무게로
헤어질 때 무게로
더 보태기 없기.

<평설>

이웃의 생명과 재산을 보호하는
아름다운 소방관의 삶

김명수
(시인, 효학박사, 충남문인협회장)

이웃의 생명과 재산을 보호하는
아름다운 소방관의 삶

김명수

(시인, 효학박사, 충남문인협회장)

1. 소방관, 그 아름다운 이름

미국 소방관 스모키 린(A. W. Smokey Linn)은 아파트 화재 현장에서 어린이 세 명이 있음을 창문으로 확인했지만, 건물주가 설치한 안전장치 때문에 결국 구출하지 못한 일을 겪고 나서 자책감에 시달리다가 1958년에 다음과 같은 시 한 편을 쓴다.

> (원문)
> When I am called to duty, God
> whenever flames may rage,
> Give me the strength to save some life
> Whatever be its age.
> Help me to embrace a little child
> Before it's too late,
> Or some older person
> from the horror of that fate.
>
> Enable me to be alert
> And hear the weakest shout,
> And quickly and efficiently
> to put the fire out.

I want to fill my calling
and give the best in me,
To guard my neighbor
And protect his property.

And if according to Your will
I have to lose my life,
Please bless with Your protecting hand
My children and my wife.

(번역)
신이시여,
제가 부름을 받을 때에는
아무리 강렬한 화염 속에서도
한 생명을 구할 수 있는 힘을 저에게 주소서.
너무 늦기 전에
어린아이를 감싸안을 수 있게 하시고
공포에 떠는 노인을 구하게 하소서.

저에게는 언제나 안전을 기할 수 있게 하시어
가냘픈 외침까지도 들을 수 있게 하시고,
빠르고 효율적으로 화재를 진압하게 하소서.

저의 임무를 충실히 수행케 하시고
제가 최선을 다할 수 있게 하시어,
이웃의 생명과 재산을 보호하게 하소서.

그리고 당신의 뜻에 따라
제 목숨이 다하게 되거든,
부디 은총의 손길로
제 아내와 아이들을 돌보아주소서.

- 「어느 소방관의 기도」

이 시는 처음에 원작자가 누구인지 알 수가 없었다고 한다. 그러나 현재는 미국뿐만 아니라 전 세계의 소방관들이 자기들의 복무 신조나 다름없이 쓰이고 있다고 한다. 그리고 우리나라에는 미8군 소방본부 본부장이었던 김광환[1]이 최초로 번역하며 전해지기 시작했다. 그리하여 이 기도문이 소방관 사이에서 쓰이다가 2001년 3월에 발생한 홍제동 방화사건이 나자 매스컴을 통해 대중에게도 널리 알려지게 되었다. [2] 당시 순직했던 소방관 중 한 명인 김철홍 소방관[3]의 책상에 이 시가 놓여 있었기 때문이었다고 한다.

한정찬 시인. 그가 바로 이런 소방관이다. 그는 지난 35여 년간의 소방관 생활을 끝내고 정년 퇴임을 했다. 마음은 아직도 저 서슬 퍼런 화재현장에서 마음껏 인명구조를 위해서 뛰고 싶지만 소방학교에서 후배들을 위한 교육과 시를 쓰는 일에 몰두해 왔다. 그는 소방관으로 재직하는 동안, 그리고 그 후에도 소방관 및 국민들을 위해 350여 회의 교육훈련과 100권의 소방문집과 23권의 소방전문서적을 발간했고 28권의 개인시집 및 소방교육시 교과목으로 편성한 5권의 정훈교재 속에서 165편의 시를 선정 수록한 시선집을 발간한다. 이는 참으로 대단한 열정과 용기가 아닐 수 없다. 따라서 한정찬 시인은 참으로 대단한 정렬의 소유자요 사명감을 지닌 근래 보기 드문 소방관이라고 볼 수 있다.

일반적으로 소방관이라 하면 1. 인명을 구조하고 2. 국민들의 재산을 보호하며 3. 화재 예방은 물론 4. 자연재해를 예방하고 5. 재난을 당한 사람들을 위한 심리적 지원과 6. 소방관으로서의 전문성을 키우고 7. 팀워크를 통하여 8. 윤리적인 책임을 지며 9. 희생정신을 배우고 10. 사회의 안정과 안녕을 위해 최선을 다하여야 한다.

이러한 막중한 임무를 부여받은 소방관이라는 소명의식을 가지고 한정찬 시인은 지난 35여 년간을 국가와 국민의 재산과 생명을 보호하기 위하여 일해 왔다. 그러는 가운데에도 동료나 후배 소방관을 위한 교육, 그리고 각종

계몽서적 출판을 계속해 왔다. 그런 와중에도 소방에 관한 시를 계속 써 왔다. 또한 정년 퇴임 후에도 대기업, 대학교, 군부대, 공공단체 등에서 소방교육훈련·컨설팅·점검 등에 전념해 왔다. 한정찬 시인은 한마디로 사명감을 지닌 소방관이다. 또한 진심으로 우리 이웃의 생명과 재산을 보호하기 위해 지금 이 순간도 땀을 흘리고 있는 진정한 소방관이다.

2. 한 줄기 바람이 되어 이웃의 생명과 재산을 지킨다.

한정찬 시인의 첫 시집 『한 줄기 바람』 속엔 소방관의 임무는 물론 불을 끄러 갔다 순직한 동료의 가슴 아픈 사연과 넋을 기리는 마음, 그리고 처음 소화전을 싣고 다니는 소방차 속의 『처녀소화전』의 마음을 사람의 마음과 비교하여 각오를 나타낸 글이 실려 있다.

>   화마에 스스로 빨려들어
>   허적이는 주정뱅이까지 구해 놓고
>   고이고이 순직한 그대여
>
>   그대 영혼의 제단에
>   머리 숙이고
>   오열과 비통에 묵념합니다
>
>   그대는
>   우리의 마음속 깊이 남아서
>   영원히 피어 있을 소방의 넋입니다
>
>   그대가 잠든 자리에는
>   해 하나 떨어지고
>   이끼 낀 풀 섶에 멍든 상처가 자랄지라도
>   그대를 기리는 마음만은
>   바위처럼 오랜 세월을 지키리다

아 거룩한 그대의 넋은 별빛입니다
우리의 영원한 별빛입니다.

- 「소방관의 넋」 전문

이 시는 불을 끄러 왔다가 불 속에서 허적이는 주정뱅이까지 구해 놓고 순직한 동료 소방관의 죽음에 대해 동료로서 안타까운 마음을 나타내고 있다. 다른 것도 아닌 국민의 생명과 재산을 지켜 주기 위해 출동했던 그날의 가슴 아픈 일은 소방관으로 근무하는 동안 트라우마가 되어 오랫동안 자신을 괴롭힐지도 모른다. 소방관은 그걸 이겨야 그다음 일, 또 그다음 일을 할 수 있다. 언제 어디서 또 어떤 모습으로 화마가 닥쳐 자신을 비롯한 다른 소방관들을 달려 가게 할지도 모르기 때문이다. '그대가 잠든 자리에는/ 해 하나 떨어지고 /이끼 낀 풀 섶에 멍든 상처가 자랄지라도/그대를 기리는 마음만은/바위처럼 오랜 세월을 지키리다'라고 말하며 그는 외롭게 갔지만 별이 되어 영원히 우리들 가슴에 살아있는 것을 말해주고 있다. 이 시를 읽는 많은 동료들이 함께 공감하면서 서로의 마음을 치유하고 그 상황 속에서 벗어나 다시 이수의 생명과 재산을 지키는 소방관으로 되돌아 가 있기를 함께 기원할 것이다.

1)
(상략)
사용할 때 조심조심
사용한 후 조심조심
야무지게 다루어야 할
불

- 제2시집 「불 17」에서

2)
(상략)
불에 대한 경외심이 아니라
밀물 화재가
꽃불 바다로
신들린 마귀할멈 늙다리 간교로

마귀 춤을 추고 있기 때문이다

(하략)

- 제2시집 「내가 화재를 진압하는 것은」에서

1)의 시 속에는 불이 갖고 있는 무서움을 누구보다도 잘 알고 있기에 매사에 조심하라는 언질을 하고 있다. 사실 쓰레기를 태우거나 아궁이에 불을 지필 때 시작되는 불의 모습을 보면 어느 때는 참 답답하기 이를 데 없다. 왜냐하면 불씨가 살아나는데 느려도 너무 느리기 때문이다. 왜 빨리 붙어 태워버렸으면 하는 마음이 생기기 때문이다. 그러나 그가 불씨가 살아 이룽이룽 거리면서 불타오르는 것을 보면 멀리서 보는 것조차 겁나는 것이 화재 현장이다. 몇 해 전 고속도로에서 집으로 향하고 있는데 도시 입구의 대형 타이어 공장에 불이나 그 불기둥과 검은 연기가 하늘에 높이 솟아오르는 것을 직접 본 기억이 있다. 이는 거리가 조금 떨어져 있는데도 보는 것조차 가슴이 두근거리고 겁이 나는 것이었다. 하물며 불을 끄러 간 소방관들은 어떤 모습일까 상상만 해도 가슴 덜리는 순간이었다. 여기에서 시인이 '조심조심/조심조심'을 반복하며 다져 보는 이유가 아주 작고 느리고 답답한 그 불씨가 그렇게 큰 불기둥으로 하늘을 뒤덮는 괴물로 변해버리는 것이 불이기 때문에 백번 천번 조심하라 해도 과언이 아니란 것을 말해주는 것 같다. 2)의 '신들린 마귀할멈 늙다리 간교로/ 마귀 춤을 추고 있기 때문이다'라고 한 것에 생각해 볼 일이다. 그렇다. 불은 정말 간교한 마귀할멈이다. 우리고 동화 속의 마귀할멈이 간교함을 이용하여 백설 공주를 꾐에 빠지게 유혹하는 것처럼 불은 처음 장난을 하거나 작게 놀이할 때는 참 멋있는 것 같기도 하지만 그가 크게 살아 나 타오르는 것을 보면 정말 그 불 속에서 마귀할멈이 신이나 춤추는 것처럼 보일 수도 있다. 아니 정말로 그 불 속에 마귀할멈이 들어가 춤을 추는 것인지도 모른다. 그러기에 우린 그 마귀할멈의 춤을 멈추게 해야 할뿐더러 다시는 이 불 속에서 춤을 못 추도록 해야 할 것이다. 그가 불 속에서 춤을 추는 한 우리 이웃의 생명과 재산이 피해를 입기 때문이다. 한 시인이 말하고자 하는 것은 아주 작은 것이지만 그건 결코 작은 것이 아니라는 것은 이 불

을 통하여 우리에게 또 다른 경각심을 갖게 해준다고 볼 수 있다. 어쩌면 영원히 기억하고 살아야 할 그 기본적인 조심조심, 어려서부터 수없이 못 박혀 들었던 자나 깨나 불조심 너도나도 불조심이다.

3. 서정적 그리움이 묻어나는 시의 세계

눈 감아도 아련히 떠오르는
당신의 전부는
늘 낮은 산처럼
참 좋았습니다

은혜로운 생활 속을
안갯길처럼
은밀히 걸어 온 우리

바람처럼 별처럼
꽃처럼 곱고 고운 마음 하나로
그 아늑함으로
살아 온 우리

늘 눈감아도 떠오르는 건
아련한 추억담은
그대 사랑스러운 눈빛입니다

우리들의 다정한 눈빛
그대 눈빛입니다.

- 제5시집 「그대 눈빛」 전문

불 이야기에서 잠시 생활 속의 나로 날아간 시이다. 그대 눈빛은 소방관의 불에 대한 시선이 아닌 또 다른 이성에 대한 시선으로 돌아가 그녀를 바라보는 소방관의 내면을 보여주는 듯하다. 한 시인에게 있어 그대는 은혜로운 두 사람의 일상생활 그 길이 알 수 없는 안개 길이었음에도 아무 탈 없이 조용히 은은하게 함께 걸어온 것이 대견하고 자랑스러운 듯한 느낌이다. 그래서 우린'바위처럼 별처럼/꽃처럼 곱고 고운 마음 하나로/ 그 아늑함으로/살아온 우리'라고 말하는 한 시인의 현재는 참 행복하다는 느낌을 받는다. 두 사람이 함께 살아오면서 말은 하지 않지만 꽃처럼 곱고 곱게 살아왔다면 그보다 더 평화롭고 행복한 것이 어디 있을까이다. '행복은 결코 멀리 있지 않고 가까이 있다는 것을 한 편의 시속에 담담하게 그려 넣은 작품이다'라고 말하고 싶다. 사람 사는 동안, 살아가는 매 순간 '꽃처럼 곱고 고운 마음으로' 그보다 더 행복한 순간 어디 있으랴. 한 시인의 순수하고 아름다운 마음이 아주 작은 싯귀 속에 숨어 있어 읽는 사람도 함께 행복해 옴을 느낀다고 할까.

만나 보면 트이는 맑은 눈빛.
정 안 가는 곳 없고
대화 나누면 따듯한 마음씨 이리도 고운데
어디 또 있나.

일상의 말[言語] 무게 아래로 눌리는 심상.
생각해 보고 재어 본 사람.
그리 흔하지 않아도 행동의 자아는 얼마나 침식되었나.

문득 알 길 없으나 오늘보다 더 나은 내일이 일어날 것이다.
더 밝은 희망의 날이 용솟음칠 것이다.

내가 그대 가만히 바라보면 얼마나 소중한 사람인지를 생각해 보라.

우리 함께 웃으며 동행하다 보면 무게도 형체도 없는 사랑으로 남은
쓰리고 아픈 마음 달래 줄 수 있는 그런 여유의 사람으로 오늘은 오늘
이고 내일은 내일이라 말하지 말자.
내일, 내일은 오늘보다 더 나은 환희의 날이 올 거다.

우리 어깨 맞대고 함께 이 길을 가야만 할 사람들.

내가 소중하면 그대 또한 그 얼마나 소중한가.
우리 서로 존중하는 마음으로 나란히 걷다 보면 분명 우리 서로 사랑하리라.

- 제6시집「동행 Ⅱ」전문

한 시인의 제6시집을 읽어 보면 그가 참 쓸쓸하고 외롭다는 느낌을 받는
다. 그래서 하고 싶은 말도 하고 싶은 노래도 보고 싶은 사람도 제6시집 속
에 담아 놓고 있는 듯하다. 그는 아직도 배고프다. 시를 많이 써 왔지만, 아
직도 써야 할 것이 많고, 낳고 가야 할 곳도 많다. 아직도 함께 고통과 아픔
과 기쁨과 슬픔을 함께 나누어야 할 사람이 많다는 거다. 이는 시인이 말하
듯 실제로 더 만나게 될지 상상 속의 현실이 될지 그것은 모르지만 적어도 지
금은 그렇다는 것이다.

그건 바로 '만나 보면 트이는 맑은 눈빛/정 안 가는 것 없고/대화 나누면 따
뜻한 마음씨 이리도 고운데/어디 또 있나'에서 알 수 있듯이 그가 동행하고
싶은 사람이 있다. '형체도 없는 사랑으로 쓰리고 아픈 마음 달래 줄 수 있는
그런 여유의 사람으로' 그에겐 보이지 않으면서도 함께 동행할 수 있는 그런
사람, 서로 존중하는 마음으로 함께 하다 보면 사랑하게 되는 그런 사람, 어
찌 보면 막연하다고 할 수 있지만 그런 사람들은 가까이 있는데 멀리 본다.
멀리 있는 것 같지만 가까이 있다. 그건 바로 내 마음먹기 나름이기 때문이
다. 한 시인에게 있어 오늘보다 더 나은 내일을 위해 꾸준히 변하지 않고 오
랫동안 동행할 수 있는 그런 사람이 나타나길 기도한다.

아버지의 한 생애가
이력서처럼 쓰인
보리밭이 있다

향수에 젖은 오뉴월 햇볕이
검정 노랑 고무신 신고
와르르 달려온 보리밭에
종다리 울음소리 높아만 가고 있다

먼 옛날
청명한 봄기운에
유년의 꿈을 안고
동구밖 나오던 날처럼
두엄 냄새 물씬 나는
보리밭에
고향의 노래가 그대로 남아
귀 전에 윙윙거리고 있다

파란 하늘 닮은
싱그러운 꿈이 자라고 있다
재생한 추억 한 조각이
자벌레처럼
스멀스멀 기어가고 있다.

- 제7시집「보리밭」전문

내게 늘 하늘에 사는 그름이
한없는 꿈처럼 좋았네
햇빛 그리고 바람에 묻어 난
그대 그리움이 쌓이는 작은 꿈은
늘 그늘진 산그늘에 묻힌 어둠처럼
항상 그대 바다에 넘실대고 있었네

햇빛은 햇빛으로 남고
바람은 바람으로 남아야 하건만
산그늘 아래 소북 쌓인
저 무수한 시간 들의 집합체
그 안에서 우리는 고뇌의 사색으로
그 무엇을 위해 악착같이
삶을 끌어안고 있었네

햇빛은 햇빛으로 남고
바람은 바람으로 남아

무작정 그늘 속의 그늘은
다시는 만들지 말아야 할 일이네

구름 속의 작은 꿈,
그 근원의 인식을 생각하며
우리는 저마다 꿈을 꾸고
조용조용 그 무엇을
풀잎처럼 기꺼이 그려가야 하네.

- 제11시집 「풀잎」 전문

한 시인의 시 중에서 참 정감이 가는 시편의 하나다. 보리밭, 검정고무신, 종달이 울음. 마치 우리들의 유년이 함께 있는 듯하다. 시는 그림이 그려지면 참 좋다고 어떤 시인이 얘기했다. 이는 시를 읽는 사람마다 마음이 다르겠지만 그것은 필자도 늘 그렇게 생각에 동의한다. 김소월이 그랬고 김영랑이 그랬고 당시唐詩나 현대 시도 마찬가지다. 시를 써 놓고 비비꼬아 만든 새끼줄 같은 것보다는 우리 마음에 걸치는 듯한 시편들이 독자들은 물론 시인들에게도 좋은 건 사실이다. 한 시인은 보리밭에서 아버지를 발견한다. 보리밭의 이력서는 곧 아버지의 땀을 흘린 일생이, 이마에, 얼굴에, 바짓가랑이에 흙 묻은 흔적들이 함께 따라다니기에 보리밭 속의 아버지가 너무나 생생하다. '검정 고무신 신고/와르르 달려온 보리밭/종다리 울음소리'이 구절에서 우린 단숨에 유년의 그 시절로 달려가고 검정 노랑 고무신과 종달이 울음에서 딱 한 번 유년 시절과 아버지를 한꺼번에 클로즈업시킨다. 참 배고프고 힘들었지만 지금 생각하면 아름답고 고운 잊지 못할 추억들이 살아나는 듯 다가온다. 당시는 배고팠지만 그만큼 순수했고 아름답고 행복했다는 것을 암시해 주는 듯하다. 얼마 전 참 살기 힘든 방글라데시가 '행복 만족도가 제일 높다'라는 기사를 보고 그럴 수도 있겠다 싶다. 물질의 풍요로움은 분명 플러스 요인이 많다. 그런데 분명한 것은 정신적 피로감이나 불안감이 많다는 것 또한 무시할 수 없다. 행복은 빵만으로 살 수 없다는 글을 읽은 것이 생각난다. 그렇다. 우리가 영화를 보면 돈을 한 가방 가득 들고 불안한 눈빛으로 어딘가로 숨으려 하는 장면을 보면 실감이 간다. 그만큼 원하던 돈이 많이 생겼을 텐데 왜 불안한 눈빛일까. 그런가 하면 시골 철로가에서 옥수수를 나눠 먹으며 걷고 있는 두 친구의 해맑은 눈빛이 훨씬 행복한 거다. 시인의 그래서 보리밭의 향수가 더 그립고 그 시절의 아버지가 더 그립고 그 보리밭의 햇살과 바람이 더 포근한지도 모른다. 그리고 '유년의 꿈을 안고/동구 밖을 나오던 날처럼/두엄 냄새 물씬 나는/보리밭에/ 고향의 노래가 그대로 남아'에서 보듯 시인은 아직도 그 유년이 보리밭, 그 유년의 추억이 엊그제 일처럼 다가옴에 행복한 시간을 맞는 것 같다.

4. 생명과 절제가 스며있는 시의 세계

누가 죽었나 보다
죽어서 한 알 밀알이 되었나 보다
저 가련한 줄기들의 모습에서
아, 파랑 노랑 하양 원색을 뿜내고
나풀거리던 모양들은 얼마나 아름다웠던가

누가 분명 죽었나 보다
죽어 한마디 묘비명을 남겼는가 보다
때가 되면 마땅히 떠나야 할 줄 아는
아, 분명한 모습을 행동으로 증거 하는
확연한 모습은 얼마나 아름다운 일인가

슬픈 노래보다 더 슬픈
언어가 여름 들녘에서 춤추고 있다
진한 땀 냄새보다 더한
삶이 출렁이는 향기가 있다

아, 고독에 쌓여 고독을 뛰어넘는
참 아름다운 사랑은 얼마나 진지한 일인가.

- 제11시집 「무씨를 받으며」 전문

한정찬 시인의 농익은 시들이 가득 들어 있는 제11시집 처용이 사는 곳을 읽었다. '신선하고 맑고 아름답다'라는 느낌이 온다. 그 시를 읽을수록 한정찬 시인의 순수한 모습들이 보이는 듯하다. '누가 죽었나 보다/죽어서 한 알의 밀알이 되었나 보다'에서 보듯 시인은 아주 작은 무씨 속에서 새로운 생명의 근원을 발견한다. 그 생명체도 하나의 단순세포가 아닌 노랑 파랑 하양 등 다양한 색깔과 다양한 모양의 새롭고 신선하고 아름다운 생명체를 발견하며 경이로워한다. '누가 죽었나 보다. /죽어 한 마디 묘비명을 남겼는가 보다' 첫째 연에서 새로운 생명체의 발견이라면 두 번째 연에서는 그 생명체가 죽어 남긴 한마디 얘기다. 그 생명체가 남긴 언어들이 들녘에서 춤추고 그 춤 속에는 향기가 있고 고독이 있고 그 고독 속에는 아름다운 사랑이 숨어 있다는 시인의 점층적 상상력은 대단하다. 한 시인의 시속에는 새로운 생명력이 있고 새로운 언어들이 물결 따라 올라가는 송사리처럼 살아 있는 듯하다. 이것이 문학의 향기이고 문학의 맛이다. 시집이 하나씩 많아질수록 농익어가는 한 시인의 시속으로 여행하면서 새로운 시 세계에 필자도 흠뻑 젖어 본다.

청렴은 청렴해서
참 행복하다

청렴은
품행이 올곧은 것
우리 모두 실천해야 할
믿음

청렴은
생활이 투명한 것
우리 모두 지켜야 할
소망

청렴은
언제나 편안한 것
우리 모두 공유해야 할

사랑

청렴은 청렴해서
더 행복하다.

- 제15시집 「청렴 3」 전문

　한 시인은 시인이기 이전에 공직자다. 그것도 이웃의 생명과 안전을 책임
지는, 시인은 감히 조금 어둡고 부패한 곳에 눈을 돌릴 틈이 없다. 하루가 멀
다 하고 현장을 뛰쳐나가야 하는 비상근무 속에서 감히 엄두도 못 낼 일이
다. 그러나 언제나 빈 곳은 있게 마련이다. 문제는 누가 얼마만큼 정직하고
인간적으로 사느냐이다. 이걸 보지 않고 마무리 지어야 할 사람은 없다. 한
시인이 '청렴하기에 행복하다'라고 말하는 것에는 다 이유가 있다. 우리가 아
무리 강심장이라도 근무하고 있는 직장 내에서 부정한 짓을 한다는 것 자체
가 마음이 불안하고 마음이 초조하고 마음이 안절부절 못 하기에 오히려 불
안한 삶의 연속이 될 것이 뻔하기 때문에 시인은 그런 삶은 아예 행복하기는
커녕 불안할 것이라는 것을 미리 안다. 그래서 한 시인은 품행이 올곧고 생활
이 투명해야 한다고 강조한다. 이런 것들은 '당연히 우리가 실천해야 할 덕목
이기에 모두 공유하고 우리 모두 편안해서 그게 바로 행복한 길이다'라는 것
을 체득해야 한다. 그래서 시인의 결론은 '청렴해야 더 행복하다'라고 결론을
짓는다. 말이 그렇게 그 청렴이란 것이 얼마만큼 어떻게 해야 할지에 대해서
는 고민해야 할 일이다. 아무 욕심도 안 낸다는 것이 쉽지만 어려운 일이다.

5. 외롭고 고독한 길, 그러나 행복한 길

어머니
내가 이 세상 태어나
살아가는 동안에
이렇게 가슴이 아파본 일은

어머니 소천하신 이후 처음입니다

어머니
가슴이 아주 많이 아프니까
걱정이 없어졌어요
어머니
가슴이 아주 많이 아프니까
행복이 행복인 줄도 정말 모르고
소비해 버리고 살아온 날들이
끝없는 후회가 되어
목마른 갈증처럼 연거푸 와요
어머니
너무 보고 싶어요
내 영혼이 한 마리 나비로 환생해
어머니 산소 옆에 훨훨 날고 싶어요.

- 제18시집 「사모곡 14」 전문

누구에게나 그렇겠지만 어머니는 모든 것에의 고향이다. 나를 낳았다는 것에서부터 나의 말과 행동 생각 그리고 미래에 이루어질 일까지 어머니가 바로 그 모든 것들의 출발점이라고 할 수 있다. 한 시인의 제18시집에 있는 사모곡을 비롯한 대부분의 시들이 어머니와 아버지에 관한 시들이다. 이는 그만큼 살아생전은 물론 사후까지도 어머니 아버지에 대한 사랑과 그리움 속에 갇혀 아직도 그 세계에 살고 있음을 나타나는 시라고 할 수 있다. '어머니/ 내가 살아가는 동안에/ 이렇게 가슴이 아파본 일은 처음입니다' 이 시 속에는 어머니가 남겨 주신 사랑과 따뜻함과 포근함과 행복한 일들, 그리고 어머니의 사랑을 모르고 어머니가 주는 행복을 모르고 어머니의 주옥같은 말씀을 외면하고 어머니가 힘들어하고 아파하고 어려웠던 일에 대해 모른척하고 지냈던 그 모든 것들에 대해 한꺼번에 후회하며 아파하는 자신의 현재를 절절하게 말하는 시인의 모습을 보는 듯하다. 그래 그렇게 잘 못해 놓고 어머니 가신 뒤에야 땅을 치고 후회해 본들 무슨 소용이 있으리오만 시인은 오늘에서야 후회하며 어머니를 보고 싶어 하는 절절한 마음을 나타내고 있다.

시인은 행복이 정말 그 순간이 행복이었다는 것에 대해 끝없는 후회를 하며 이제라도 내가 한 마리 나비로 변해 어머니 산소 곁에서 날고 싶다는 소망을 시로 나타내고 있다. '어쩌면 이것은 할 수 없는 일이기에 시로 나타낸다'라고도 할 수 있지만 불효했던 지난날들에 대해 끝없는 후회를 하고 있는 시인이 이제라도 한 마리 나비가 되어 어머니 곁에서 훨훨 날고 싶은 심정을 절절하게 나타내고 있다.

> 정말로 미안하다 말 못 해 등을 돌린
> 그날의 아픈 기억 아직도 못 지운 채
> 내 마음 머문 정원에 피고 지는 수선화
>
> 살면서 짊머 진 짐 그 짐이 버거워서
> 겨우내 인내하며 숨죽여 지낸 여정
> 내 마음 아픈 상처에 피고 지는 수선화
>
> 잘 가라 잘 가거라 인사도 끝나기 전
> 만남과 헤어짐이 일순에 엉킨 순간
> 내 마음 닿는 길섶에 피고 지는 수선화.
>
> — 제23시집 「수선화」 전문

한 시인의 제23시집은 아름다운 서정성이 짙어 단숨에 시집을 읽게 한다. 또 하나는 시가 맑고 깨끗하다 그만큼 시가 한 시인의 마음을 닮은 거다 다른 시들도 대체로 욕심보다는 자연을 관조하고 작은 것에도 애틋해하고 사랑할 줄 아는 따뜻한 마음들이 가득 들어 있다고나 할까. 시인은 아픈 기억을 안고 산다. 그 아픈 마음의 정원에 노오란 수선화가 가득 피어 있다. 누가 뭐래도 수선화는 내 마음 안으로 와서 내 아프고 힘든 기억을 조용히 밀치고 막아 주기도 한다. 수선화가 피기 그 이전 어둡고 추운 겨울을 용케 견딘 수선화에게 박수를 보낸다. '겨우내 인내하며 숨죽여 지낸 여정' 여기서 수선화가 겨울이라는 긴 여정을 숨죽여 지내며 봄이 되어 내 마음의 아픈 상처에 노오란 수선화로 피어 나는 자랑스러운 모습을 그리고 있다. 그런 수선화가 봄이면 그곳에서 무리 지어 피는데 봄이 가는 듯하면서 수선화가 지는 듯하더니 늦게 올라온 수선화꽃 대공이 바통을 이어 간다. 봄이 가듯 그렇게 잘 가라 인사하며 지는 수선화를 이어 다음 수선화가 또 꽃을 피운다. 이렇게 얼마를 반복하다 보면 수선화를 지켜 주던 봄날도 가고 만다. 만남과 헤어짐의 어쩔 수 없는 법칙이 수선화의 세계에도 어김없이 다가오는 것이다. 전체가 시조 시인 제23시집 꽃비 내리던 날 속에는 이 밖에도 조릿대, 포도밭 등 좋은 시조들이 한데 모여 있는데 한 시인의 쉼 없는 창작열에 고개가 숙여진다. 그 덕분에 많은 시조 시가 갖고 있는 운율과 내용적인 맛 또한 상당한 수준에 올라 있어 앞으로 더 많은 사람의 사랑받는 시인이 될 것이라고 믿는다.

벚꽃이 만발한 날
벚꽃 군 벚꽃 면 벚꽃 리에
소재한
벚꽃 우체국을 찾아갔다

벚꽃이 만화방창萬化方暢인데
봄바람 불어
파르르 화르르 사르르
온 천지간에 벚꽃이 휘날릴 때
바람결 따라 벚꽃마을 우체통에
벚꽃잎이 수없이 휩쓸려 왔다

하루에 오전 오후 두 번
우체통을 여는
집배원의 손길에
눈[雪]처럼 온통 벚꽃 잎이 쌓였다

벚꽃잎이 우편물인지
우편물이 벚꽃잎인지
영 구분 안 되는
벚꽃마을 우체통이다.

- 제 24시집 「벚꽃마을 우체통」 전문

294

우리나라 봄날의 가장 커다란 특징 중의 하나가 벚꽃이 온 산천을 하얗게 뒤덮고 뒤흔들어 준다고 한다면 그리고 그 벚꽃잎이 '파르르 화르르 사르르' 휘날린다면 그래서 집배원이 그 꽃잎들을 나에게 전해 준다면 나는 그 꽃잎 속에서 참 행복할 것이다. 나는 참 기쁘고 반갑고 기분이 벚꽃잎을 따라 하늘을 날 것 같다. 벚꽃이 가득 핀 우리 마을에 이젠 우체통에까지 벚꽃이 가득 쌓여 있어서 동화 속 나라 같은 마을에서 나도 짧은 순간이나마 행복한 순간을 맞이하고 있었는지도 모른다는 생각을 하게 되는 것이다. 특히 '파르르 화르르 사르르' 같은 의태어를 이용하여 시시각각으로 벚꽃이 날리는 현상을 나타낸 것은 더욱 실감 나고 장소와 시간에 따른 다양성을 나타냈다는 점에서 꽃잎이 다양하게 휘날리는 것이 더욱 실감 난다고 하겠다. 시 속에서의 이런 표현은 밋밋함을 바꿔주는 반전 효과가 있기 때문에 다양한 의인법이 사용된다고 할 것이다. 저 꽃이 우체통인지 우체통이 벚꽃인지 모를 정도로 벚꽃이 떨어져 쌓인 거리를 걸으면서 한 시인은 봄날의 한 때를 환상적인 분위기 속에서 취해 있었음을 알 수 있는 시였다고 본다.

한정찬의 시는 맑고 아름답다. 한정찬의 시는 서정적이고 휴머니즘 가득해서 사람 사는 냄새가 난다. 한정찬의 시속에는 사명감과 삶의 치열함이 함께 들어 있다. 한정찬의 시를 읽으면 가슴이 따뜻해진다. 그의 시집 28권을 스캔하면서 대체로 필자가 받은 인상이다. 시는 무엇인가. 일찍이 C.D 루이스가 시학 입문을 통하여 말했다. 시는 독자의 마음에 어떤 특별한 효과를 얻어 내기 위하여 이 세계를 똑바로 얻어 내고자 언어를 통하여 나타내는 특별한 표현 방법이다라고 했다. 한정찬 시인은 바로 한 시인만의 특성을 살릴 수 있는 그런 서정적인 언어로 시를 써 갔다. 처음 소방관으로서 소방 현장에 있으면서 보고 느끼고 생각한 것들을 토대로 가슴 절절하게 그린 소방관들의 애환을 담은 시들이 가슴을 울리게 했다. 화재 현장에서 불 속에 있을 거라는 주민의 목숨을 구하기 위해 뛰어들어간 그 화마 현장이 끝내 아픈 죽음이 되어 돌아온 동료의 가슴 아픈 이야기들을 볼 때마다 들을 때마다 시인이기 이전에 소방관으로서 인간적으로 느끼는 아픔이란 것은 말할 수 없었으리라. 이런 삶의 현장에서 다시 고향 어머니 품속으로 다시 일반적 삶의 현장, 자연 속에서 느꼈던 일들에 대해 서정적으로 나타낸 시편들이 마음을 울리고 있다.

　C.D 루이스가 말했다. '훌륭한 시는 다이아몬드와 같다'라고 그래야 수십, 수백수천 년을 지나도 변하지 않고 사람들의 사랑을 받을 것이기 때문이다. 다이아몬드가 고래로부터 지금까지 변하지 않고 사랑받는 것처럼 훌륭한 시가 바로 그렇다는 것이다. 우리가 현재 한 편 두 편 힘들게 쓰는 시들이 C.D 루이스가 말한 것처럼 다이아몬드처럼 당장 빛을 발하지는 않더라도 두고두고 읽는 사람들에게 조금씩 조금씩 사랑받는 시가 되기 위해서는 더 고민하고 더 압축하고 더 땀을 흘리는 작업이 필요할 것이다. 시인은 많은데 읽을 시가 없다고 한다면 그건 바로 누구의 책임인지는 좀 더 두고 봐야 할 것이다.

　세계에서 가장 문명국가의 하나인 영국은 가장 자랑할 만한 예술 중의 하나가 시라고 했다. 시가 당장 무엇이 되는 것은 아니다. 그러나 우리가 무지개를 보면 당장 거기서 돈과 명예가 나오는 것이 아니듯이 다만 그 무지개를 통해서 말할 수 없는 아름다움, 멋있음, 신비스러움, 그리고 어떤 희망 같은 것을 느끼듯이 시를 통해 마음으로 말할 수 없는 기쁨 위안 평화 사랑을 얻는다고 하면 이해가 될까. 한 시인은 바로 이런 점을 깊이 생각하고 스믈어덜권이라는 시집을 상재했는지도 모른다. 지금까지도 묵묵히 좋은 시를 써 왔듯이 앞으로도 한 시인의 인간애와 자연사랑, 그리고 옛것과 현재를 중시하는 마음 등 이웃을 사랑하고 봉사하는 아름다운 시편들이 한정찬 시인이 존재하는 곳에 늘 계속되기를 기도한다.

▣ 훈장·포장·표창·상 등

- 녹조근정훈장 제71160호, 대통령 2015. 12. 31. 근정포장 제85439호, 대통령 2009. 11. 09.
- 장관표창 제4767호 1985. 12. 31. 장관표창 제58호 1992. 02. 01. 장관표창 제14104호 1995. 12. 30. 장관표창 제9663호 2002. 12. 31. 장관표창 제7055호 2005. 12. 01.
- 청장표창 제2518호 2007. 11. 01. 도지사표창 제441호 2000. 07. 24.
- 국무총리상 제66462호 2010. 06. 30. 도지사상 제598호 1999. 09. 09. 도지사상 제705호 1998. 09. 29.
- 도지사감사패 제150314호 2015. 12. 31. 순천향대학교총장 감사패 2024. 02. 29.
- 소방문화상 1999. 02. 18. 소방문학대상 제1518호 2001. 10. 05. 농촌문학상(청장) 제8747호 2005. 05. 06. 옥로문학상 제14호 2008. 12. 27.
- 충남문학발전대상 제2013-6호 2013. 12. 07. 충남펜문학대상 2014. 11. 22. 충남문학대상 제2015-49호 2015. 11. 28.

▣ 학력, 자격, 등록 등

- 호서대학교 행정대학원 사회복지학과(석사) 졸업. 논문 소방공무원 복지개선 방안에 관한 연구
- 소방기술자자격(한국소방시설협회, 2017-06-00147W) 기계 특급, 전기, 고급
- 소방안전관리자격(한국소방안전원, 20216-06-10-3-000173) 특급, 위험물안전 관리자격(한국소방안전원, 2022-06-24-3-000009)
- 소방기술인정자격(한국소방시설협회, 2017-06-00113L) 공사업·설계업·관리업
- 소방감리원자격(한국소방시설협회, 2017-06-00048S) 기계 초급, 전기 초급
- 무선종사자자격(한국무선국관리사업단, 97-32-4-0136) 특수급 무선통신사
- 행정사자격(행정안전부, 20101016683) 일반행정사
- 사회복지사자격(보건복지부, 제2-2147053) 2급
- 요양보호사자격(충청남도, 2008-1001700) 1급
- 안전교육 전문인력 등록(행정안전부, 202113040) 생활안전 화재안전
- 안전교육 전문인력 등록(행정안전부, 202130145) 자연재난안전, 지진안전

▣ 강의, 출강, 안전교육, 안전컨설턴트, 봉사 활동 등

- 중앙소방학교 강의(2002~2008)
- 경북소방학교 강의(2011~2012)
- 경북도립대학교 위험물질론 강의(2012)